로크미디어가
유혹하는
재미있는 세상

ROK
MEDIA
로크미디어

개혁군주

개혁 군주 12

2022년 11월 17일 초판 1쇄 인쇄
2022년 11월 22일 초판 1쇄 발행

지은이 이윤규
발행인 김정수 강준규

기획 이기헌 왕소현 박경무 강민구 조익현
책임편집 최전경
마케팅지원 이원선

발행처 (주)로크미디어
출판등록 2003년 3월 24일
주소 서울시 마포구 마포대로 45 일진빌딩 6층
Tel (02)3273-5135 Fax (02)3273-5134
홈페이지 rokmedia.com E-mail rokmedia@empas.com

값 9,000원

ISBN 979-11-408-0221-0 (12권)
ISBN 979-11-354-7367-8 04810 (세트)

ROK
MEDIA
로크미디어

이윤규 대체역사 소설 ⑫

| 천도와 선양 |

차례

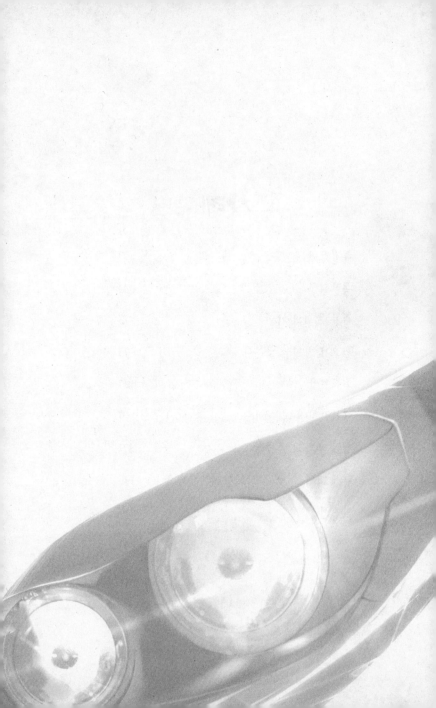

쿠릴타이

다음해 봄.

즉위식 이후 몇 개월 동안 대한은 많은 부분이 변화했다. 조정이 정부로 명칭이 변경되었으며 직제도 전면 개편되었다.

한글이 기준 문자로 공표되었다.

그러나 워낙 한문만을 사용해 왔던 터라 한글만을 사용할 수는 없었다. 그런 사정을 감안해 국한문혼용이 법으로 규정되었다.

문자 명칭도 언문, 정음 등으로 불리던 것에서 한글로 통일했다. 특히 그동안 사용하지 않았던 띄어쓰기를 전면 시행했다.

한글은 이때까지 띄어쓰기를 사용하지 않고 있었다. 한문의 영향을 받은 이러한 사용 방식으로 인해 같은 문장이 다르게 해석되는 경우가 많았다.

황태자가 우리말연구소를 설립했다.

그러고는 유수한 학자를 초빙해 한글을 연구하게 했다. 이를 통해 한글 사용법을 간소화하거나 방법을 통일하는 작업을 적극 추진하게 했다.

관복도 복식이 개편되었다.

지금까지 관복은 명나라 시절을 그대로 답습한 형태였다. 그러한 관복을 새로운 시대에 맞게 대폭 개정하면서 간소화했다.

태양력과 미터법도 전면 도입되었다.

태양력과 미터법은 실생활과 직결되는 개혁이었다. 아무리 유용한 개혁도 바로 시행했다가는 혼란을 초래할 가능성이 높다.

그래서 유예 기간을 두고 시행하기로 했다. 그 대신 군과 산업 현장은 전격적으로 시행하게 했다.

바뀌지 않은 부분도 있었다.

작위 제도가 시행되었지만, 신분제도는 폐지되지는 않았다. 아직은 신분제도까지 폐지할 정도로 사회 개혁이 무르익지 않았기 때문이다.

그러나 노비 해방으로 시작된 변화의 물결은 거스를 수 없는 대세가 되었다.

변화의 중심은 단연 군이었다.

군제 개편과 징병제도가 실시되면서 군에서의 신분제도는 금기였다. 물론 이런저런 문제가 아직은 엄존하는 게 현실이기는 했다.

그러나 군에서는 계급이 우선이었다.

만일 신분 문제로 분란이 일어나면 파면과 함께 군법회의에 회부시켰다. 이런 강력한 대처 덕분에 군에서는 이미 신분의 벽이 깨져 있었다.

단발령도 시행하지 않았다.

단발은 유교에서 중대한 의미를 지닌다.

유교에서 효는 으뜸 덕목이다. 특히 효경에 나오는 신체발부수지부모(身體髮膚受之父母)는 공자의 가르침 중 가장 중요하게 여겨 왔다.

그런데 유교를 신봉하는 동양에서 단발은 공식적이거나 은밀하게 행해 왔다.

청국과 몽골은 애초부터 변발을 해 왔었다. 이러한 변발 풍습은 유목 생활에 적응했기 때문이다.

일본도 변발을 했다.

습도가 많은 일본은 오랫동안 내전을 치러 오면서 변발을 하게 되었다. 그래야 투구를 쓸 때 너무 덥지 않고 빨리 머리를 식힐 수 있기 때문이다.

변발의 형태는 조금씩 달랐다.

몽골은 머리 중앙을 밀었으며, 청국은 머리 뒷부분만 남겨 두고 밀었다. 일본은 이마 위쪽부터 정수리만 남긴 채 밀고 앞 뒷머리를 길러 틀어 올렸다.

조선은 상투를 틀었다.

그래서 다른 나라보다 효경의 가르침을 중하게 여겨 왔다. 그러나 상투를 틀고 여름을 지내는 것은 너무도 힘들었다.

그래서 음성적으로 머리를 잘라 왔다. 그 방식은 정수리 부분을 밀어 통풍이 되도록 하면서, 남은 머리를 틀어 상투를 삼은 것이다.

이러한 방식을 '백호치기'라고 한다.

대한의 유학자 다수가 백호치기를 하고서 여름을 난다. 그러면서도 단발과 변발에 대해서는 극한 거부감을 갖고 있었다.

황태자는 이러한 사정을 알고 있었기에 단발에 대한 말을 입에 올리지 않았다. 그 대신 군만큼은 효율적인 전투 수행을 위해 단발을 시행했다.

처음에는 반발이 없지 않았다.

그러나 이런 반발은 이내 사라졌다. 상투를 튼 상태로 투구나 철모를 쓰는 행위가 얼마나 어려운지를 직접 체험했기 때문이다.

더 문제는 위생이었다.

단체 생활을 하는 군에서 위생은 사기와 직결되는 문제였다. 그래서 일부러라도 단발을 시행해 위생 관리를 할 수밖에 없었다.

북벌이 끝났다.

앞으로 군에서 해마다 수십만의 예비역이 쏟아져 나온다. 전역 장병들은 이미 단발의 이점을 잘 알고 있었기에 다시 머리를 기르려 하지 않았다.

전역 장병 상당수는 가족들과 함께 북미 이주를 자원했다. 그 바람에 자연스럽게 북미가 먼저 단발이 보편화되고 있었다.

❁

즉위식 다음 해인 1808년 봄.

황제가 황태자와 함께 대륙을 찾았다.

황제는 몽골의 가한에 즉위하면서 몽골의 왕공 귀족에게 목란위장 회동을 약속했었다. 그 약속을 지키기 위해 황제가 황태자를 대동하고 여정에 오른 것이다.

황제의 여정은 배를 이용했다. 본래는 이런 기회가 생기면 순행을 겸해 내륙으로 이동한다.

그런데 문제가 있었다.

도로 공사가 마무리되지 않은 터라 압록강을 넘으면 도처가 공사 현장이었다. 산해관의 무역도시도 대대적인 공사가 진행되고 있었다.

공사 현장은 위험이 도처에 널려 있으며, 수십만의 청군 포로도 문제였다. 이런 사정을 고려해 이번 여정은 배로 이동하기로 했다.

처음으로 배를 타고 이동하는 황제다. 만반의 준비를 했다고는 하지만 황태자는 걱정이 되었다.

"아바마마! 속이 불편하지는 않으신지요?"

황제가 승선한 배는 상무사가 새로 건조한 3천 톤급 여객선이다. 태평양을 왕복하기 위해 건조되었으나 이번 여정을 위해 동원되었다.

황제가 고개를 저었다.

"배가 커서 그런지 요동이 별로 없구나. 그래서인지 속이 불편하지는 않구나."

"다행이옵니다."

"너는 배를 자주 탔었는데, 문제는 없었느냐?"

"그러하옵니다. 아마도 소자가 아바마마를 닮았나 봅니다."

황제가 너털웃음을 터트렸다.

"허허허! 그랬구나. 그렇다면 짐도 걱정하지 않아도 되겠구나."

"그래도 혹시 몰라 최대한 조용히 운행하라 했사옵니다."

황제가 고개를 저었다.

개혁군주

"아니다. 구태여 그럴 필요는 없다. 정상대로 운행해도 바다가 잔잔해 큰 문제는 없을 거 같구나."

황태자가 고개를 숙였다.

"진즉에 황실 전용선을 건조했어야 했습니다. 그랬다면 아바마마께서 좀 더 편하게 여행하셨을 터인데, 송구하옵니다."

"아니다. 짐이 배를 타 봐야 얼마를 타겠느냐. 건조 계획을 세워 두었다면 자주 이용해야 할 너에게 맞춰 전용선을 건조하도록 해라."

"그 부분도 염두에 두겠습니다."

"그건 그렇고, 이번에 목란위장에서 개최될 쿠릴타이가 잘 진행될지 걱정이구나."

황태자는 목란위장 회동을 쿠릴타이로 격상하자고 제안했었다. 이러한 황태자의 제안을 황제가 받아들이면서 오랜만에 쿠릴타이가 열리게 된 것이다.

"성려하지 않으셔도 되옵니다. 아바마마께서 초원의 주인이 되었다는 사실을 모르는 초원 부족은 아무도 없사옵니다."

"구태여 쿠릴타이를 개최할 필요가 있을까? 짐은 공연히 분란이 일어날까 저어되는구나."

"청나라도 쿠릴타이를 한 번도 개최한 적이 없었사옵니다. 그럴 수밖에 없었던 것이, 청국 황제가 가한이 되었을 때는 중가르가 오이라트 지역에 웅거하고 있었습니다. 중가르는 청국에 대한 감정이 좋지 않았사옵니다. 청국은 그런 중가르를 굴복시킬 기회를 엿보다 몽골 부족의 청원을 받아 거병하면서 수십 년 만에 멸망시켰고요. 그런 청국을 우리가 다시 굴복시켰으니 초원에서는 아바마마께 머리를 숙이지 않을 자가 없사옵니다."

대한의 정부 직제는 십여 개가 넘는 성(省)으로 개편되었다. 각 성의 장관은 대신이었으며, 초대 국방대신으로 백동수가 선임되었다.

군의 지휘부도 개편되었다.

육군과 수군의 장군체제가 폐지되었다.

그 대신 합동참모본부가 신설되었으며, 육군과 수군에 참모총장이 신설되었다. 그런 군 지휘부가 이번 여정에 전부 동행하고 있었다.

국방대신 백동수가 나섰다.

"오이라트는 초원의 일부입니다. 그런 오이라트의 중가르 부족 수십만이 청국에 의해 전멸되었사옵니다. 아무리 반목하고 있다고 해도 초원 부족을 멸족시킨 일은 초원에서 큰 문제입니다. 그것도 한족으로 구성된 녹영 병력으로요."

황제가 고개를 끄덕였다.

"초원 부족의 심정을 건륭제가 신경 쓰지 않았다는 말이구나."

백동수의 설명이 시작되었다.

"그러하옵니다. 청국이 중가르를 공격하게 된 것은 할하부의 요청 때문이었습니다. 그 당시가 강희황제 시절이었는데, 그때는 팔기 병력을 황제가 직접 이끌고 원정을 했었사옵니다. 그랬기에 몽골 부족의 대대적인 환영까지 받았고요. 그러나 첫 원정은 전염병과 중가르의 강력한 저항에 막혀 실패로 돌아갔습니다. 강희제가 그래서 다시 원정군을 조직해 결국 굴복시켰고요."

"그때만 해도 문제가 없었겠소."

"물론이옵니다. 몽골 부족은 강희제의 친정에 감복해 모든 부족이 충성서약을 할 정도였사옵니다. 아울러 목란위장도 그때 예물로 황제에게 진상되었고요."

황태자가 거들었다.

"그만큼 몽골 부족이 강희황제에 진심으로 감복했다는 의미이지요."

"그렇사옵니다. 그러나 건륭황제는 달랐습니다. 황제 자신이 친정을 벌이지도 않았습니다. 더구나 녹영을 동원해 중가르를 굴복이 아닌 멸족을 시켰고요. 그로 인해 몽골 부족의 은근한 원성을 받게 된 것입니다."

황제가 문제를 지적했다.

"청국도 나름의 사정이 있었다. 팔기제도가 무너진 바람에 녹영을 동원했던 것 아니냐?"

"그렇기는 하옵니다. 그러나 그렇게 된 것은 옹정제와 건륭제의 통치에 결정적 문제가 있었기 때문입니다. 그리고 건륭제의 통치 초기에는 팔기가 제법 융성했었습니다. 그런데도 녹영을 동원했다는 건 다른 문제입니다. 건륭황제가 만주족임은 분명하나, 몽골 초원의 사정을 생각하지 못할 정도로 한족화가 되었다는 것이 문제였습니다."

황태자가 거들었다.

"더구나 그렇게 얻은 신강(新疆)을 청국은 제대로 관리하지도 않았습니다. 그 바람에 위구르 부족이 이주해 들어와 새로운 원주민으로 자리 잡게 되었고요. 몽골 부족과 위구르 부족은 같은 초원 부족이지만 다릅니다. 특히 종교가 다른 것이 결정적 문제이고요."

황제가 어이없어했다.

"허허! 정복하고 관리를 안 하다니. 그렇게 되면 정복한 의미가 없지 않느냐?"

"예. 몽골 부족으로서는 중가르 부족을 그대로 두는 것만 못해진 형국이 된 것입니다. 그러나 위구르도 초원 부족이어서 잘 지내기는 하옵니다."

"흐음! 그렇구나."

백동수의 설명이 이어졌다.

"폐하께서 가한의 위에 오른 사실에 초원 부족들이 크게 고무되어 있사옵니다. 초원 부족이 청국에 충성 맹세를 했지만, 중가르의 처리를 보고는 크게 실망했습니다. 그러나 그들에게 청국은 절대 넘을 수 없는 벽이었습니다. 그런 청국을 우리가 항복시킨 사실에 크게 놀라기도 했고요. 그리고 더 고무적인 현상이 있사옵니다."

"고무적인 현상이 무엇인가?"

"지난해 오리아소 대장군부로 우리 몽골 군단이 진주해 들어갔습니다. 그 당시에는 우리 군단을 초원 부족이 무척 경계했사옵니다. 그러다 즉위식에 왔던 왕공 귀족이 돌아가 우리 대한을 알리면서 여론이 반전되었사옵니다. 대한이 청국과 다르다는 사실도 알게 되었고요. 그런 영향으로 금년 들어 몽골 군단에 초원 부족들의 자원입대자도 상당수 생겼다고 하옵니다."

"오! 그래?"

황태자가 권했다.

"아바마마! 이번 쿠릴타이에서 우리 대한도 초원이라고 선포하시옵소서. 실질적으로 몽골 초원과 북방을 포함하면 초원이 많고요. 그러면서 중앙 초원 부족도 아우르시겠다는 말씀도 하십시오. 그런 황명을 저들이 받아들인다면 우리는 중앙 초원에 대한 기득권을 얻게 되옵니다."

"중앙 초원의 부족들도 우리 영향력하에 놓자는 말이구나. 그런데 그게 나라 발전에 도움이 된단 말이더냐?"

백동수가 바로 알아들었다.

"러시아를 견제하시려는 것이옵니까?"

황태자가 감탄했다.

"역시 대단하십니다. 국방대신께서는 이전보다 세상을 보는 시야가 더 넓어지신 듯합니다."

백동수가 고개를 숙였다.

"별말씀을 다 하십니다. 대한의 국방대신으로서 주변국의 사정을 챙기는 건 너무도 당연하옵니다. 더구나 러시아는 남진 야욕을 버리지 않고 있으니 반드시 챙겨야 하는 나라이고요."

황태자도 동감을 표했다.

"맞습니다. 러시아는 늘 따뜻한 지역으로의 진출을 노려 왔습니다. 청국도 러시아의 남진 야욕을 저지하기 위해 고심해 왔고요. 그런 청국은 몇 번의 조약을 통해 몽골 북부와 중앙 초원을 양보해 왔습니다. 그러나 그러한 청국의 양보는 결국 러시아의 야욕만 부추기게 된 것이 문제이지요."

홍영석 합동참모본부 의장이 동조하고 나섰다. 육군 총참모장이었던 그는 승진과 함께 합동참모본부 의장으로 영전되었다.

"황태자 전하의 말씀대로입니다. 러시아와 국경 조약을 체결했던 강희황제가 북방 사정을 간과했던 것이 분명합니다. 그렇지 않다면 몽골 북부 지역을 그렇게 허망하게 포기하지는 않았을 것입니다."

황제가 큰 관심을 보였다.

"합참의장! 그 당시 러시아로 넘어갔던 몽골 북부가 많이 넓은가?"

"적어도 본토의 두세 배는 되옵니다."

황제가 크게 놀랐다.

"아니, 그렇게 넓은 영토를 어떻게 그냥 포기했단 말이더냐?"

황태자가 설명했다.

"북방 영토에 대한 청나라의 관심이 그만큼 덜했다는 의미입니다. 청나라도 러시아의 남진을 막기 위해 여러 차례 병력을 동원하기는 했습니다. 그런 와중에 파병을 요구해 우리가 원정을 갔던 적도 있었고요. 그런데 청국은 대규모 병력을 파견하지 않았습니다. 만일 러시아가 중가르를 평정할 때와 같이 10여 만의 병력을 처음부터 보냈다면 북방의 판도가 지금과는 완전히 달라졌을 겁니다."

백동수가 동조했다.

"그렇게 되었다면 몽골 북부뿐이 아니라 시베리아 지역이 청국 영토가 되었을 가능성이 높지 않겠습니까?"

황태자가 고개를 저었다.

"그렇게 되지는 않았을 거예요. 청나라는 북방 영토에 대해 별 관심이 없었으니까요. 다만 몽골 북부만큼은 지켜 낼수 있었겠지요. 그렇게만 되어도 시베리아의 판도도 크게 달라졌을 것이고요."

황제가 질문했다.

"몽골 북부를 러시아가 얻으면서 달라진 점이 많이 발생했다는 말이구나."

"그러하옵니다. 그 지역은 러시아의 시베리아 영토 중에서 유일하게 농사가 가능합니다. 러시아가 그 지역을 얻게 되면서 동부 시베리아 통치가 훨씬 용이하게 되었습니다."

"그렇구나. 그런데 몽골 북부가 어디까지를 말하는 거냐?"

"지금의 몽골 국경에서 바이칼 호수까지를 말하옵니다."

황제의 시선이 아련해졌다.

"태자의 말에 따르면 바이칼은 우리 민족의 본향이라고 했다. 그런 바이칼을 우리가 품을 수 있는 날이 왔으면 좋겠구나."

황제가 처음으로 영토 욕심을 냈다.

이전이었다면 감히 생각지도 못할 변화였다. 황태자가 그런 황제에게 다짐했다.

"지금 당장은 어렵습니다. 그러나 몽골 북부는 반드시 되찾아야 할 몽골 영토이니만큼, 내정이 안정되는 대로 추진해 보겠습니다."

황제도 동의했다.

"그래, 조급하게 생각하지 말고 천천히 추진해 봐라."

"예, 아바마마."

개혁군주

황제가 주변을 돌아봤다.

황제가 탄 여객선을 3척의 전함이 호위하고 있었다. 그런 전함을 잠시 바라보던 황제가 수군 참모총장을 찾았다.

"임 총장."

대양함대 사령관이었던 임률도 이번에 승진해 수군 참모총장이 되었다.

"예, 폐하."

"대륙의 주산군도에 새로운 수군 기지를 만든다고 하던데. 어떻게 잘 진행되고 있는가?"

"물론이옵니다. 주산군도는 해안에 굴곡이 많고 수심이 깊어 군항으로 개발하기에는 최적의 조건입니다. 그동안 우리 수군은 상무사의 적극적인 협조를 받아 주산도의 기초 항만 공사를 끝냈사옵니다. 그래서 지금은 병영을 비롯한 주둔지 건설에 박차를 가하고 있는 중이옵니다."

"오! 벌써 항만 공사를 끝냈다는 말이냐?"

황태자가 부연 설명을 했다.

"이제 시작일 뿐입니다. 주산군도는 앞으로 청국과 송의 대양 진출을 견제해야 하는 중요한 전략적 요충지입니다. 상해 방어를 위한 해병대 병력도 주둔해야 하고요. 그래서 주산군도를 군사 전진기지로 개발할 계획을 갖고 있습니다. 다행히 청국이 공도(空島)정책을 펼쳐 왔기에 군도 전체가 비어 있던 상태입니다. 덕분에 군사기지 개발을 하는 데 더없이 좋은 환경이 되었고요."

주산군도는 전략적, 지리적 요충지다.

명나라 후기, 포르투갈은 주산군도에 상륙해 밀무역을 시작했다. 그러다 명나라에 들켜 철수하게 되었고, 그 대신 마카오에 정착했다.

이런 사정은 청대에도 이어졌다.

청의 건륭황제는 홍모관(紅毛館)을 세워 병력을 상주시키기도 했다. 그러면서 영국 함대의 출입을 경계해 군도를 비우면서 광저우를 개방했었다.

황제가 지적했다.

"우리도 공도 정책을 시행해 왔다. 제주도는 출륙금지령까지 내렸을 정도로 어리석었다. 모두가 바다를 두려워한 무지에서 나온 편의적인, 최악의 방책이었어. 다행히 태자의 노력 덕분에 그런 미몽에서 깨어났는데, 청국의 공도 정책이 우리에게 거꾸로 도움이 되는구나."

황태자가 고개를 숙였다.

"황감한 말씀이옵니다. 청나라의 몰락에는 해금 정책도 큰 영향을 끼쳤습니다. 만일 청국이 적극적인 해양 정책을 펼쳤다면 지금처럼 급격히 쇠락하지 않았을 것입니다. 아니, 지금과는 천양지차로 발전했을 것이옵니다. 그랬다면 우리의 대업도 큰 지장을 받았을 것입니다."

황제가 주의를 주었다.

"청국의 실패를 우리가 반복해서는 안 된다. 우리는 지금처럼 적극적인 대외 진출도 해야 하고, 대외 교역에도 더 공을 들여야 할 것이다."

"명심하겠사옵니다."

"그리고 이번에 송에게서 넘겨받은 대만은 어떻게 개발할 계획이더냐?"

"대만에는 본토에서 넘어간 한족들이 꽤 많습니다. 송과 협의한 대로 금년 1년은 그들의 본토 이주를 지켜보려고 합니다. 우선은 주산군도의 요새화와 상해 개발에 주력할 생각입니다."

"그렇다고 그냥 놔둘 수는 없지 않겠느냐?"

"물론입니다. 대만의 남부 지역은 사탕수수 생산의 적지입니다. 그래서 상무사의 인력을 파견해 대규모 사탕수수 농장을 조성하려고 합니다."

황제가 큰 관심을 보였다.

"오! 그렇게 되면 백성들의 식생활 개선에 큰 도움이 되겠구나."

"예, 그렇습니다. 그리고 북부 지역은 쌀을 이모작 할 수 있어서 대규모 양곡 농장도 함께 조성할 예정이고요."

"방어를 위한 병력도 파견해야겠지?"

"해병대와 수군을 배치할 계획입니다."

황제가 핵심을 짚었다.

"한족은 무조건 믿으면 안 된다. 지금 당장은 송이 다른 생각을 하지는 않을 것이다. 그러나 언제까지 그렇다는 장담할 수 없으니, 그에 대한 대비는 처음부터 잘해 놔야 할 것이다."

임률이 다짐했다.

"폐하의 성심에 누를 끼치는 일이 일어나지 않도록 배전의 노력을 다하겠사옵니다."

"그래. 짐은 우리 군을 믿는다."

백동수와 지휘관들이 소리쳤다.

"황감하옵니다. 폐하!"

황제가 흡족한 미소를 지었다.

✿

사흘 후, 천진에 도착했다.

천진에는 이미 대륙군의 주요 지휘관들이 내려와 있었다. 대륙군의 열광적인 환영을 받으며 하선한 황제는 천진에서 하루를 머물렀다.

다음 날.

대륙군의 호위를 받으며 천진을 출발한 황제는 이틀 만에 북경에 도착했다. 황제는 북경 외성으로 입성해서는 내성 남문인 정양문(正陽門)을 통과했다.

그리고 과거 대청문이었던 대한문(大韓門)을 지나 황성 남문인 천안문에 도착했다.

대륙군사령관이 권했다.

"폐하! 천안문에 올라 우리 대륙군의 사열을 받으시옵소서."

황제가 즉각 승낙했다.

"그렇게 하자."

황제의 윤허에 늙은 청국 출신 태감이 나섰다.

"폐하! 미천한 소인이 모시겠사옵니다."

"오! 그래. 봉 태감이 안내하면 그 의미가 각별하겠구나. 그렇게 하라."

태감은 황제의 연을 동원하려 했다. 그러나 황제는 이를 거절하고 직접 누각으로 오르려 했다.

황태자가 만류했다.

"아바마마! 천안문은 여느 성문보다 훨씬 높사옵니다. 저희들이 측정한 바로는 무려 30미터가 넘사옵니다. 그런 성문을 아바마마께서 걸어서 오르시는 건 무리이옵니다."

백동수도 권했다.

"태감의 건의대로 연을 타고 오르시옵소서."

황제가 고개를 저었다.

"아니다. 저 천안문을 차지하기 위해 무려 50만이 넘는 우리 장병들이 죽기를 각오하고 싸웠다. 그런 장병들의 노고를 되새기기 위해서라도 이번만큼은 걸어서 오르는 것이 맞다.

오르다 힘들면 중간에 쉬어갈 터이니 그렇게 알라."

황제의 말에 지휘관들은 감격했다.

황태자가 그들의 분위기를 대변해 몸을 숙였다.

"황감하옵니다. 아바마마의 하해와 같은 황은에 대한의 모든 장병들은 감읍할 것이옵니다."

"허허! 고맙기로 따지면 짐보다 더한 사람은 없을 거다. 그러니 그만 오르도록 하자."

"예, 아바마마."

황태자가 특별 지시를 했다.

"자금성의 내관들은 폐하를 모시도록 하라!"

황제를 지근에서 모시는 사람은 한양의 대전 내관들이다. 그런데 황태자가 일부러 청국 출신 환관들로 하여금 황제를 모시게 한 것이다.

자금성 태감은 순간 당황했다.

내각이 개편되면서 황실 업무를 담당하는 궁내성이 신설되었다. 궁내성에는 예조 등에 흩어져 있던 황족과 황실을 보좌하는 모든 아문이 통합되었다.

내시부도 당연히 통합되었으며 명칭도 태감부로 변경되었다. 그러나 모든 내관을 지휘하는 상선의 명칭은 그대로였다.

상선이 자금성 태감에게 지시했다.

"봉 태감. 황태자 전하의 영대로 따르시오."

개혁군주

나이는 자금성 태감이 훨씬 많았다. 그럼에도 이 지시에 자금성 태감이 감격해하며 몸을 숙였다.

"상선 어른의 배려 백골난망이옵니다."

"허허! 감사는 황태자 전하께 해야지요."

자금성 태감이 두 손을 모았다.

"황감하옵니다. 앞으로도 소인들은 목숨을 걸고 황실에 충성하겠사옵니다."

황태자가 미소를 지었다.

"아바마마를 잘 모시게. 그러면 족하네."

"예, 전하."

자금성 태감이 몸을 돌렸다. 그는 몸을 숙이고 있는 청국 출신 환관들을 보고 소리쳤다.

"황태자 전하께서 우리에게 영광된 임무를 맡겼다. 모든 자금성 태감들은 성심을 다해 폐하를 모시도록 하라!"

"예, 태감."

자금성 환관들의 나이는 적지 않았다. 그런 그들은 놀랍도록 빠르게 움직여 황제를 보필했다.

자금성 태감이 두 손을 모았다.

"폐하! 천신(賤臣)들이 모시겠사옵니다. 성루로 오르시옵소서."

"고맙다."

황제가 천천히 성루로 올랐다.

상선은 일부러 한발 물러서서 호종했다. 그런 배려에 자금성 태감은 더 감격해하며 황제를 모셨다.

상선이 황태자에게 인사했다.

"전하의 배려에 충심으로 감사드리옵니다."

"별말씀을 다 합니다. 당연히 할 일을 한 것뿐이니 너무 마음에 두지 마세요."

상선이 고개를 저었다.

"아닙니다. 소인같이 미천한 자들은 윗분들의 작은 배려도 결코 잊지 않사옵니다. 자금성 태감들도 사실 불쌍한 자들이옵니다. 그런 자들에게 전하의 이번 배려는 죽어도 잊지 못할 것이옵니다. 그리고 정말 잘하셨사옵니다."

"내가 잘한 것보다, 나의 행동 의도를 이해한 상선영감이 더 대단합니다."

상선이 잠시 지난날을 회상했다.

"황감한 말씀이옵니다. 소인이 어렸을 때는 눈치가 없다고 내관 어른들께 꾸중도 많이 들었사옵니다. 그런데 수십 년을 대궐에 있다 보니 없던 눈치도 생기고 귀도 열리나 봅니다."

"아바마마를 지근에서 모시는 상선께서 그러시면 더없이 좋은 일이지요.

황태자가 고개를 돌렸다.

그러자 오랫동안 자신을 모셔 온 김 내관과 눈이 마주쳤다. 김 내관이 깜짝 놀라며 황급히 몸을 숙였다.

상선이 슬쩍 웃었다.

"그래도 쓸 만하시지요?"

"물론입니다. 말이 조금 많은 게 아쉽지만, 나머지는 잘해 오고 있습니다. 이대로라면 영감의 뒤를 맡겨도 될 듯합니다. 상선께서 잘 가르쳐 주세요."

상선이 다짐했다.

"전하께서 그런 생각을 갖고 계시다면 지금부터 혹독하게 가르치겠습니다."

이러면서 김 내관을 바라봤다.

두 사람이 작게 말을 하고 있던 터라 김 내관은 무슨 말인지 짐작도 못 했다. 그런데 상선이 바라보자 갑자기 등골이 서늘해지며 몸이 오싹해졌다.

황제는 오래전부터 지속적으로 걷기 운동을 해 왔다. 그런 규칙적인 운동 덕분인지, 중간에 쉬지도 않고 천안문을 올랐다.

대륙군사령관이 크게 놀랐다.

"폐하의 체력이 이토록 대단하실 줄 몰랐사옵니다. 이 높은 천안문을 단숨에 오르시다니요."

황제가 조금 가빠진 숨을 골랐다.

"자금성 환관들이 도와준 덕분이네. 그런데 위로 올라와 보니 천안문 누각이 아래에서보다 훨씬 더 커 보이는구나."

황태자가 설명했다.

"천안문은 우리의 성문 누각과는 축조 방식이 다르옵니다. 우리는 성문을 축조하며 성루를 올립니다. 그런데 천안문은 먼저 만들어진 성벽에 별도로 누각을 세웠사옵니다."

"누각이지만 하나의 완전한 전각이라고 해도 과언이 아니라는 말이구나."

"그러하옵니다. 그것도 대전과 맞먹을 정도로 크고 넓은 전각이옵니다. 안으로 들어가시지요."

"그러자!"

황제가 안으로 들어갔다.

그렇게 들어간 천안문 누각의 내부는 온 사방이 붉고 화려했다.

"허허! 대단하구나. 말은 익히 들어서 알고 있었지만, 이정도로 화려할 줄은 몰랐구나."

대륙군사령관이 설명했다.

"천안문은 전면 9칸, 측면 5칸입니다. 모두 천자를 나타내는 숫자이고, 누각 기둥은 60개로 갑자(甲子)를 나타내며, 황조가 끊임없이 순환된다는 의미라고 하옵니다."

그의 설명은 한동안 이어졌다.

황제는 그런 설명을 들으며 몇 번이고 감탄했다.

"관리가 잘되어 있구나. 황성과 자금성의 관리는 누가 하느냐? 우리의 선공감과 같이 별도의 아문을 두어서 관리하느냐?"

자금성 태감이 대답했다.

"관리는 소인들이 하고 있사옵니다."

"오! 그래? 그러면 별궁도 너희들이 관리하겠구나."

"그러하옵니다. 북경의 별궁은 물론이고 피서의 열하산장과 심양의 황궁도 마찬가지이옵니다."

"그러면 영선(營繕)에 관한 지식을 가진 환관들도 상당하겠구나."

"있기는 하지만 나이가 많사옵니다. 아쉽게도 젊은 환관들은 전부 청조를 따라갔사옵니다."

대륙군사령관이 나섰다.

"나이가 있다고 해도 영선에 대한 지식이 상당하옵니다. 그래서 해체 작업에 큰 도움을 주고 있사옵니다."

자금성 태감이 부언했다.

"청조가 피난하면서 황실 관련 문서를 제외한 대부분의 문서를 버리고 갔습니다. 덕분에 그동안의 영선 기록이 고스란히 남아 있어서 해체 작업에 조금의 도움을 주고 있사옵니다."

황제가 흡족해했다.

"도움이 되고 있다니 다행이구나."

"황감하옵니다."

"그런데 어째서 이 천안문과 뒤편의 단문, 그리고 지나온 대한문은 해체하지 않은 것이냐?"

황태자가 설명했다.

"소자가 해체 순서를 정해 주었사옵니다. 북경 내성은 한족의 출입이 금지되어 있기는 합니다. 그러나 언제 불손한 무리가 문제를 일으킬지 모르는 상황입니다. 그래서 내부의 주요 전각부터 시작하고, 외부 성벽과 성문 등은 가장 나중에 해체하라고 했사옵니다."

"그렇구나. 그래서 이 주변이 어수선하지 않은 것이로구나."

대륙군사령관이 권했다.

"폐하! 수미단에 오르십시오."

"그러세."

황제가 옥으로 만들어진 9층의 수미단에 올랐다. 대기하고 있던 자금성 태감이 소리쳤다.

"황제 폐하께서 수미단에 오르셨다. 천안문 누각을 전면 개방하라!"

태감의 말이 떨어지자 청국 환관들이 전면의 문을 활짝 열었다. 순간 햇빛이 쏟아져 들어오면서 누각 내부를 더욱 화려하게 만들었다.

황태자는 내심 크게 놀랐다.

'대단하구나. 전생에서 북경을 방문했을 때 자금성에 온 적이 있었다. 그때도 천안문 내부를 들여다봤었는데 이렇게

화려하지 않았다. 그런데 지금의 내부는 감탄이 절로 나올 정도로 화려하구나.'

황제의 놀라움은 더했다.

"참으로 놀랍구나. 문이 닫혀 있을 때와 열렸을 때의 분위기가 이렇게 다를 줄 몰랐구나."

황태자가 거들었다.

"바닥에 깔린 황금 벽돌이 햇빛을 반사하고 있사옵니다. 그렇게 반사된 빛이 주변을 비추면서 화려함이 배가되는 듯하옵니다."

황제도 동조했다.

"그렇구나. 황금 벽돌이 놀라울 정도로 절묘한 조화를 일으키고 있어. 그런데 황태자는 이런 조화를 이미 알고 있었나 보구나."

"그렇지는 않았사옵니다. 단지 자금성의 주요 전각마다 황금 벽돌이 깔려 있다는 말을 듣고 배상 요청을 첨가한 것이옵니다. 황금 유리기와나 황금 벽돌의 재료가 본토에 별로 없다는 보고도 받았고요."

"그랬구나."

이러기를 얼마 후.

대륙군사령관의 참모가 병력이 집결했다는 보고를 해 왔다.

"폐하! 장병들이 사열 준비를 끝냈다고 하옵니다."

황제가 수미단에서 일어났다.

"그렇다면 짐이 직접 나가 봐야지."

황태자가 나섰다.

"소자가 모시겠사옵니다."

"그렇게 하라."

황태자가 황제를 성벽 앞까지 모셨다.

드넓은 광장을 내려다보는 황제가 탄성을 터트렸다.

"아! 광장이 참으로 넓구나. 저 정도면 수십만이 아니라 백만도 집결할 수 있겠어."

황태자도 동조했다.

"예. 소자가 봐도 그렇게 보이옵니다."

천안문광장은 실제로 출정하는 병력을 황제가 사열하거나 전송하는 장소다. 광장은 외부와는 긴 회랑으로 차단되어 있어서 황성 권역에 속해 있다.

황제가 그 점을 지적했다.

"놀라울 따름이구나. 황성 내부에 이토록 큰 광장이 있을 줄은 몰랐구나."

"황성 주변이 평지입니다. 그래서 한양과 달리 이런 광장도 쉽게 조성할 수 있었을 것입니다. 요양에 새로 지어지는 황성의 광장도 여기보다 적지 않습니다."

"기왕이면 조금이라도 넓게 조성해라. 그래야 북경의 자금성을 해체하는 의미에 부합되지 않겠느냐?"

"그렇게 하겠습니다."

황제 부자가 대화를 나누는 동안 장병들이 모습을 나타냈다.

대륙군사령관이 보고했다.

"이번 사열에는 우리 병력은 물론, 천진에 주둔해 있는 해병대 병력까지 참여했사옵니다."

"모두 얼마의 병력이 참여했는가?"

"1개 사단과 1개 해병여단, 그리고 1개 기병여단과 포병여단입니다."

"호오! 생각보다 많은 병력이로구나."

"송구합니다. 좀 더 많은 병력을 동원하고 싶었으나, 아직 민심이 안정되지 않아 그러지 못했습니다."

"잘했네. 지금은 짐에게 보여 주는 것보다 실무를 더 중시하는 게 맞아."

"이해해 주셔서 황감하옵니다. 그러면 지금부터 사열을 시작하겠습니다."

"그렇게 하라."

사령관이 손짓을 했다.

그러자 도열해 있던 장병들이 신호에 맞춰 행군을 시작했다.

척! 척! 척!

장병들은 오와 열을 맞추고 팔을 높이 들어 행진했다. 그런 모습에 황제도 참석자들도 모두 흐뭇한 표정을 지었다.

북벌이 끝난 지 1년여가 되어 간다.

그러나 행진하는 장병들의 표정에는 아직도 승전의 기세가 그대로 남아 있었다.

제병지휘관이 소리쳤다.

"황제 폐하께 대하여 받들어총!"

"충!"

사열에 참여한 병력은 단위부대별로 군례를 올렸다. 황제는 일일이 답례했으며, 그것을 본 병사들은 더 힘차게 행진했다.

사열은 한동안 진행되었다.

황궁에서 진행된 행사여서 여느 때와 달리 환호는 없었다. 그러나 이날의 사열에는 중대한 의미가 내포되어 있었다.

북경, 특히 천안문 사열은 대한이 대륙의 주인이란 사실을 공표하는 행위였다. 그런 의미를 알고 있었기에 황제는 사열을 기꺼이 윤허해 주었다.

따로 설명은 하지 않았지만 대륙군은 상당 기간 사열을 준비해 왔다. 참여한 장병들도 이러한 사정을 너무도 잘 알고 있었다.

그래서 다른 때보다 더 힘차게, 더 목청껏, 더 절도 있게 행진했다.

사열은 누가 봐도 고개를 끄덕일 정도로 사기충천하고 절도 있었다.

사열이 끝났다. 그와 함께 대한이 대륙의 주인이라는 사실을 천하에 분명히 알렸다.

목란위장

　황제는 자금성을 둘러보며 해체 작업 진행 상황을 살폈다.
그러고는 착오 없이 진행되는 작업을 보며 관계자들을 크게
치하했다.

　해제작업은 의외로 빨리 진행되고 있었다. 공사 진척이 이
렇게 잘 진행되고 있는 까닭은 황태자가 개발한 각종 공사
자재 덕분이었다.

　봉강 비계와 발판은 안전사고방지와 공기 단축에 큰 역할
을 했다. 증기기관을 개조해 만든 반자동식 기중기는 인력
절감과 자재 훼손 방지, 그리고 공기 단축에 결정적 역할을
하고 있었다.

　자금성을 살펴본 황제는 중남해의 원림별궁으로 넘어갔

다. 자금성과 붙어 있는 원림별궁은 훗날을 위해 해체 작업을 진행하지 않기로 했다.

황제는 별궁에서 고생한 지휘관들을 위로하는 연회를 개최했다. 대륙군사령부는 칭제건원 당시 지휘관 대부분이 행사에 참석을 못 했다.

황제는 그런 지휘관들을 일일이 불러 치하하며 위로했다. 그뿐이 아니라 상무사가 만든 기념품을 하사하면서 전승 기념 약장도 달아 주었다.

다음 날.

황제는 원명원 등 다른 별궁을 둘러보고는 바로 열하로 올라갔다. 며칠 만에 도착한 열하의 피서산장을 본 황제는 탄성을 터트렸다.

"아아! 참으로 대단하구나. 이 피서산장을 청나라 황제가 몇 대를 이어 가며 공을 들였다고 하더니, 그 이유가 있었구나."

황태자도 내심 크게 놀랐다.

'이야! 자금성도 그렇더니, 여기도 과거와는 완전히 딴판이구나. 건물이 화려하고 주변 경관과 너무도 잘 어울리게 배치가 되어 있구나. 건물이 검소하다는 말은 그저 하는 소리야. 아니지. 저 정도면 자금성보다 덜 화려하다는 상대적인 의미였던 것이 분명해.'

황태자는 주변을 둘러볼수록 이런 생각에 확신을 갖게 되었다. 그만큼 피서산장은 말만 산장이지, 그 위용은 상상 이상이었다.

황제도 주변 경관을 둘러보며 연신 감탄했다. 그러던 황제가 의문점을 지적했다.

"청국의 별궁과 이궁의 규모가 상상 이상이구나. 더구나 검박하다고 소문난 피서산장이 이렇게 건물도 많고 화려할 줄은 몰랐구나."

대륙군사령관이 설명했다.

"소장이 듣기로 피서산장의 규모가 자금성의 여덟 배가 된다고 합니다."

황제가 고개를 저었다.

"대륙 황제의 위엄이 아무리 대단하다고 해도 이 정도면 너무 과한 거 같구나. 짐이 알고 있기로는 청국 황실이 명나라보다 훨씬 검소하다고 들었는데 그게 아니라는 생각이 들어."

대륙군사령관이 다시 설명했다.

"청국 황실의 이궁과 별궁이 많고 화려한 것은 사실입니다. 그러나 청국은 명나라의 자금성을 그대로 물려받았사옵니다. 단지 현판을 바꾸고 몇몇 건물을 손본 정도이지요."

"청국도 자신들만의 황궁을 가지고 싶어서 별궁과 이궁을 많이 지었다는 말인가?"

"그런 생각도 없지 않았을 것이옵니다. 그래서 이궁인 피서산장에 이토록 많은 공을 들였을 것이옵니다. 그런데 별궁과 이궁을 건설할 때는 결코 무리하지 않고 시간을 두고 천천히 건설했다고 하옵니다."

황제가 대번에 알아들었다.

"아! 그런 방식으로 재정문제를 해결했구나."

"그러하옵니다. 그래서 많은 별궁과 이궁을 건설했음에도 백성들의 원성도 사지 않았으며, 국고도 크게 축내지 않았다고 하옵니다."

황제가 황태자를 바라봤다.

황태자가 자신 있게 설명했다.

"우리 상무사는 이미 몇 년 전부터 필요한 자재들을 미리 수급해 왔습니다. 필요한 자금도 차곡차곡 준비해 놓아서, 황도 건설에 필요한 정부의 재정 부담이 거의 없게끔 해 두었사옵니다."

황제가 호탕하게 웃었다.

"하하하! 그렇구나. 준비로 따진다면 청국보다 우리 태자가 훨씬 더 잘해 두었어."

백동수도 동조했다.

"그뿐이 아닙니다. 인력도 포로로 대체를 했사옵니다. 거기다 각종 공사 자재도 개발해 주시면서 실질적인 도움을 주셨사옵니다."

"그래, 잘해 봐라. 기왕이면 북경의 자금성보다 더 크고 웅장하게 짓도록 해라. 이전하는 별궁도 마찬가지고."

개혁군주

"그렇게 하겠사옵니다."

"그런데 공기가 너무 짧은 것이 아니냐? 북경의 자금성은 명나라가 국력을 쏟아부었음에도 무려 14년에 걸쳐 완공했다. 그런데 우리는 그보다 크고 웅장하게 지으면서 4년 만에 완공할 계획이라니. 짐은 공기가 너무 짧은 것이 걱정이구나."

황태자가 사정을 설명했다.

"자금성 주요 전각은 강남의 녹나무를 사용했사옵니다. 강남의 녹나무가 목재가 되기 위해서는 몇 년의 시간을 기다려야 하옵니다. 석재도 마찬가지로 채굴하고 다듬는 데 상당한 시간이 걸리고요. 그런 준비를 우리는 미리 해 두었사옵니다."

"그런 기간이 없으니 공기가 대폭 단축될 수 있다는 말이구나."

"그렇사옵니다. 그리고 우리는 석재건물도 상당수 건설할 것이옵니다. 이를 위해 서양에서 각종 장식물을 수입해 두었사옵니다. 더구나 투입인력이 명나라보다 몇 배나 많습니다. 특히 건설구역을 권역별로 나눠 책임 시공하는 제도를 도입해 공기 단축에 큰 도움이 되고 있사옵니다."

황제가 아주 흡족해했다.

"허허! 너의 계획대로라면 기한 내의 준공이 가능하겠구나."

"그렇사옵니다. 그리고 그 전에 한양의 궁궐부터 전면 개장을 마쳐 놓으려고 하옵니다."

황제의 용안이 더 밝아졌다.

"좋구나. 그러면 더 바랄 게 없지."

피서산장에서 며칠 머물렀다.

피서산장은 강희제 중기에 건설을 시작해 옹정제를 거쳐 건륭제 말기에 완공했다. 무려 87년에 걸친 대역사였으며, 이 시기가 청나라 최고 융성기다.

그런 시기 청국 황제들의 관심을 받아 건립된 피서산장은 희귀고서와 고서화가 엄청나게 수장되어 있었다. 황제는 무엇보다 이러한 서적 서화가 많이 보관된 것을 무엇보다 기뻐했다.

그 바람에 황제는 거의 매일 독서에 파묻혀 지냈다. 이러는 동안 황태자는 호위 병력과 함께 주변을 샅샅이 둘러봤다.

그러던 황태자가 적봉(赤峯)에 도착했다.

청나라는 지방행정을 둘로 나눠 통치했다. 그중 번부(藩部)가 관리하는 외곽 지역은 간접 통치했다.

간접 통치 지역은 상당한 자치를 허용했는데, 몽골, 청해, 서역, 티베트, 신강이 그곳이다.

이중 몽골 지역은 맹기제도를 시행했다.

적봉도 내몽골이어서 몽골 부족이 상당히 거주하고 있었다. 몽골의 모든 부족은 대한의 황제가 가한이 되었다는 사실을 알고 있었다.

개혁군주

그래서 황태자가 방문했다는 소식에 모든 주민이 나와 환영했다. 황태자는 몽골 부족에게 가져간 물건을 하사하며 위로했다.

공산품을 하사품으로 받은 몽골 부족민들은 크게 기뻐했다. 그러고는 자발적으로 무릎을 꿇고 충성을 맹세했다.

부족장이 나섰다.

"전하! 누추하지만 소인의 집으로 모시겠사옵니다."

황태자가 부족장의 환대에 응했다.

"그렇게 하시오."

부족장의 겔은 상당히 컸다.

그러나 겔의 내부는 별도의 칸이 나뉘어 있지 않다. 그 대신 상석이 있어 부족장이 황태자를 그곳으로 인도했다.

"전하! 이리 앉으십시오."

황태자가 사양하지 않았다.

"고맙소."

황태자가 상석에 앉자 호종하던 실장들과 지휘관들이 좌우에 앉았다. 이어서 부족장은 자신들의 음식을 푸짐하게 내왔다.

몽골의 전통음식은 양고기와 젖을 발효한 음료와 술 등이었다. 모두 처음 접하는 음식이었으나 황태자는 서슴없이 음식의 맛을 봤다.

"오! 이거 의외로 맛이 좋구나."

부족장의 입이 귀에 걸렸다.

황태자는 몽골 전통 발효주도 맛을 봤다.

"호오! 약간 비리지만 우리 막걸리와 다름없어."

황태자의 소탈함에 자리는 더 밝아졌다. 그러나 말을 타야 했기에 술은 몇 모금 마시는 것으로 끝냈다.

"부족장!"

"예, 전하."

"이곳이 적봉으로 불리는 것이 이유가 있다고 하던데, 맞소?"

"그렇사옵니다. 여기서 조금 더 가면 산 전체가 붉은 홍산(紅山)이 있습니다. 적봉이란 지명은 그 산에서 유래가 되었다고 들었습니다. 그리고 그 산의 주변에는 아주 오래된 산성도 있습니다."

황태자가 눈을 빛냈다.

"그 산과 산성을 가 보고 싶은데, 안내해 줄 수 있겠소?"

"물론입니다."

황태자가 일어났다.

"그러면 거기로 가 봅시다."

부족장이 얼른 나가 자신의 말을 가져왔다.

장성 너머는 산악 지대다. 그런데 적봉 일대만큼은 평지여서, 황태자가 찾은 산은 의외로 낮았다.

경호실장 이원수가 탄성을 터트렸다.

"이야! 정말 놀랍네요. 부족장의 말대로 산이 온통 붉은 흙입니다. 이런 산은 본토에서는 본 적이 없사옵니다."

"그러네요. 아마도 흙에 철분이 많이 함유되었나 보네요."

황태자가 산에 올라 주변을 살폈다.

그런 황태자의 모습을 본 이원수가 궁금해했다.

"전하! 무엇을 찾고 있사옵니까?"

"어느 역사책에선가, 여기서부터 조양 일대가 고조선의 본거지라고 했습니다. 그래서 혹시 유적이 남아 있지는 않나 둘러보는 겁니다."

이원수가 대번에 부정적인 말을 했다.

"고조선이 망한 지 벌써 수천 년입니다. 그 오랫동안 유적이 남아 있을 리 만무하옵니다."

"그렇겠지요?"

"예, 전하."

황태자가 손가락으로 아래를 가리켰다.

"땅 위에는 없더라도 땅 아래에는 있겠지요."

이원수가 눈을 크게 떴다.

"그게 무슨 말씀이옵니까? 땅 아래라니요? 설마 이 일대가 고분 지대는 아니겠지요?"

"그건 모르는 일이고요."

황태자가 부족장을 불렀다.

"부족장! 혹시 이 일대에 이상한 물건이 발견된 적이 있소?"

부족장이 고개를 갸웃했다.

"이상한 것은 없었습니다. 다만 언젠가 옥으로 만든 장신구를 누군가 주웠다는 말은 들었습니다."

황태자가 바로 관심을 보였다.

"그게 어디인지 아시오?"

부족장이 고개를 저었다.

"송구하지만 워낙 오래전의 일이라 알 수 없습니다."

황태자가 적봉을 찾은 이유가 있었다.

'전생에 이 일대에서 대량의 유물이 출토되었다. 그렇게 발굴된 유물은 그 이전까지 어디에서도 출토된 적이 없는 형태였다. 놀랍게도 빗살무늬토기나 다량의 옥공예품은 본토의 유물과 너무도 흡사했다. 더구나 만주와 본토에서만 발견되는 적석총도 대량으로 발견됐지. 그래서 여러 학자가 고조선의 유물로 추정했지만 더 이상의 진척은 없었다. 중국은 그것들에 요하 문명이라는 새로운 이름을 붙여 고조선과의 연관성을 일부러 무시했다.'

황태자가 주먹을 움켜쥐었다.

'이번에는 다르다. 비록 발굴 기술이 조금 부족할지 몰라도 대학에 요청해 지금부터 발굴을 시작하자. 시간을 두고 이 지역과 조양 일대를 샅샅이 발굴하면 고조선의 역사를 확실하게 자리매김할 수 있을 거다. 그래야 대업을 완수한 데

따른 역사적 정통성도 확보할 수 있다.'

황태자가 확인했다.

"이 지역을 어느 부대가 담당하지요?"

대륙군의 참모가 대답했다.

"1군단 3사단 51연대가 조양까지 담당합니다. 기병중대도 파견 나와 있고요."

"51연대장에게 이 일대의 지표 조사를 시행하라고 해 주세요. 그리고 본토의 대학에서 고고학과 교수와 학생들이 넘어오면 최우선적으로 신경을 써 주라고 하고요."

"알겠습니다."

"비서실장님."

"예, 전하."

"지금 즉시 본토의 대학에 내 명의로 공문을 보내세요. 내용은 이 일대의 고조선 유적 조사 및 유물 발굴입니다."

고조선 유적이라는 말에 주변이 술렁였다. 그러나 비서실장은 두말하지 않고 지시 사항을 기록했다.

"그렇게만 전하면 되옵니까?"

"그래요."

"만주에서 고구려와 발해 유적을 조사, 발굴하고 있는 학자들과의 연계는 어떻게 처리하옵니까?"

"그건 학자들끼리 협의해서 정하라고 하세요."

"예, 알겠습니다."

황태자는 종일 적봉 일대를 둘러봤다. 그리고 주둔부대로 들어가 하루를 보낸 황태자는 며칠 동안 주변을 둘러보며 시간을 보냈다.

며칠 동안 피서산장에서 머물던 황제가 드디어 다시 거둥했다. 그렇게 하루를 달린 황제가 도착한 곳은 황실 전용 사냥터 목란위장이었다.

목란위장에 도착하니 원시림이나 다름없는 울창한 삼림이 먼저 반겼다. 목란위장은 황실 전용 사냥터여서 형식적이나마 울타리가 있었다.

주둔부대 병력이 황제를 맞았다.

"충! 어서 오십시오, 폐하."

"수고가 많다."

그들의 호위를 받아 잠시 들어가니, 몇만 병력이 사열을 받아도 될 정도의 공터가 나왔다. 그 공터의 한쪽에 목란위장 행궁이 서 있었다.

목란위장의 행궁은 배치부터 달랐다.

제대로 된 건물은 십여 동뿐이었다. 그 건물들 주변으로 백여 동의 겔이 배치되어 있었으며, 그 중간에 황제의 겔이 자리하고 있었다.

대륙군 총참모장이 설명했다.

"역대 청국 황제들은 몽골 초원 부족을 형제로 생각했다고 하옵니다. 그래서 목란위장에 오면 일부러 몽골 부족의 겔을 사용하였사옵니다."

"짐도 그렇게 하는 게 좋겠구나."

"폐하께서 그리하시면 초원 부족이 더없이 기뻐하실 것이옵니다."

황제가 겔에서 머무는 결정을 했다.

그래서 들어간 겔의 내부는 겉에서 보는 거와 너무 달랐다.

"허허허! 말만 겔이지, 안은 여느 황궁 전각과 다를 바가 없구나."

대륙군 총참모장이 설명했다.

"이 겔은 초원 부족이 청국 황제께 바친 것이라고 하옵니다. 과거 칭기즈칸은 원정을 다닐 때면 이러한 겔을 사용했다고 합니다. 그리고 해체하지 않고 두었다가, 수십 필의 말이 끄는 마차 위에 얹어 다녔다고도 합니다."

"놀랍구나. 이렇게 큰 겔을 마차에 얹어서 가지고 다니다니 말이다."

황태자가 나섰다.

"아바마마, 온종일 말을 타셔서 피곤하실 것이옵니다. 하오니 잠시 쉬시옵소서."

"알겠다."

황제를 모신 황태자가 자신의 겔로 들어갔다. 황태자의 겔도 황제의 겔에 못지않게 화려했다.

그리고 얼마 후.

김 내관이 조용히 들어와 보고했다.

"전하, 초원 부족 대표들이 곧 당도한다는 전언이옵니다. 그만 쉬시고 황제 폐하를 모시옵소서."

"그렇게 하자."

휴식을 취하던 황태자가 일어나 황제의 겔로 넘어갔다. 황제도 보고를 받았는지 의관을 정제하고 있었다.

"나가자!"

"예, 폐하."

황제와 황태자가 겔을 나서 행궁의 정전으로 들어갔다.

행궁 정전은 여느 정전보다는 소박했으며, 중앙에 넓은 평상과 함께 용상이 놓여 있었다.

황제가 옥좌에 앉자마자 밖이 소란스러웠다. 잠시 시간이 지나서 대륙군의 참모가 들어와 고했다.

"폐하! 몽골 부족들이 도착했사옵니다."

"그들을 맞도록 하라."

행궁 정전의 문이 활짝 열렸다. 열린 문으로 백여 명이 넘는 몽골 부족 대표들이 들어왔다.

청국 출신 태감이 소리쳤다.

"대륙과 초원의 지배자이신 대한의 황제 폐하시다. 초원 부족 대표들은 속히 예를 행하라!"

초원 부족 대표들이 일제히 무릎을 꿇었다.

보르지긴 부족장이 먼저 일어나 평상으로 올라왔다.

"초원의 주인이신 가한께, 보르지긴의 아들 예제이가 인사드립니다."

그러고는 무릎을 꿇고서 황제의 신발에 입을 맞추었다. 이어서 다른 부족 대표들도 보르지긴 부족장과 같이 최고의 인사를 했다.

황태자는 명단을 보고는 아쉬웠다.

생각보다 중앙 초원 부족의 참여가 저조했기 때문이다. 그러나 황제가 인사를 받고 있는 상황이어서 일단은 넘어갔다.

인사가 끝나자 황제가 답례했다.

"다들 평안하신가?"

"폐하의 황은으로 편히 지내고 있사옵니다."

예제이가 두 손을 모았다.

"초원의 모든 부족은 전쟁이 끝난 사실이 진심으로 기쁘옵니다. 우리 몽골은 그동안 청국의 요구에 10만이 넘는 병력을 지원했습니다. 안타깝게도 그 병력이 전부 산화하면서 초원은 지금 상당한 인력 부족에 시달리고 있습니다. 그런 어려움을 가한께서 잘라 주신 점에 대해 우리 모두는 충심으로 감사드리고 있사옵니다."

다른 부족장이 나섰다.

"그러하옵니다. 청국은 그동안 우리 초원에게 희생만 강요해 왔습니다. 그래도 우리는 끝까지 충성을 다했는데, 청국은 그런 우리를 헌신짝 버리듯 배신했사옵니다."

황제가 약속했다.

"이제는 조금도 걱정하지 마라. 우리 대한은 어떠한 일이 있더라도 너희를 버리지 않을 것이다. 우리는 너희와 같은 바이칼의 정기를 받은 후손들이다. 그러니 안심하고 짐과 우리 대한을 따라도 된다."

예제이가 바로 대답했다

"그러하옵니다. 우리 몽골은 예로부터 대한을 솔롱고스(Solongos)라고 불러 왔사옵니다."

"솔롱고스?"

"예, 폐하."

황태자가 설명했다.

"솔롱고스는 '무지개 나라'라는 뜻입니다."

"오! 그래?"

예제이의 설명이 이어졌다.

"초원에서 전해 오는 이야기에 따르면, 과거 우리와 대한은 한 뿌리였다고 하옵니다. 그러다 일부 사람들이 무지개가 뜨는 동쪽을 향해 내려갔고, 그래서 정착한 곳이 삼한입니다."

황제가 큰 관심을 보였다.

"그런 전설을 아는 사람이 많으냐?"

다른 부족장이 나섰다.

"나이 든 이들은 모두 알고 있는 이야기입니다. 그래서 우리 초원 부족은 대한에 대해 오래전부터 형제라는 생각을 하고 있었습니다."

황제가 호탕하게 웃었다.

"하하하! 참으로 다행이구나. 너희가 우리를 그렇게 생각하고 있다니 가상하다. 알겠다. 다시 말하지만 짐과 우리 대한은 너희를 절대 버리지 않을 것이다."

"황감하옵니다."

황태자가 나섰다.

"아바마마, 초원 부족들은 목축을 주업으로 하고 있사옵니다. 우리가 도움을 주기 위해서는 이들이 키운 가축을 주기적으로 사 주어야 하옵니다."

"그러면 거래시장을 여는 게 좋겠구나."

"예, 그러하옵니다."

황제가 예제이를 바라봤다.

"지금까지는 어디서 가축을 거래했느냐?"

"장가구의 상설시장을 이용했사옵니다. 그러나 청국은 봉금령 지역의 만주족을 우대해, 그들이 기른 가축을 우선 매입해 왔사옵니다. 그 바람에 우리 몽골 부족은 상대적으로 차별을 받아서 많은 가축을 매매하지 못했사옵니다."

다른 부족장이 거들었다.

"가한이시여. 저희에게 가축 매매는 생명줄이나 다름없사옵니다. 부디 이런 저희의 어려움을 널리 헤아려 주시옵소서."

황제가 솔직한 심정을 밝혔다.

"본토에는 목축을 주업으로 하는 백성이 없다. 그래서 지금까지 그러한 고민을 크게 생각해 본 적이 없다. 그러나 초원의 가한이 된 짐이니, 당장의 현안으로 그 문제를 풀어 보겠다."

부족 대표들이 일제히 머리를 조아렸다.

"폐하의 하해와 같은 황은에 감읍하옵니다."

황태자가 몸을 숙였다.

"폐하! 이 문제는 신이 정리해 보겠사옵니다."

"그렇게 하라."

황태자가 앞으로 나섰다.

"과인이 파악한 바로는 몽골의 목축은 말이 주종이라고 들었소. 맞는 말이오?"

예제이가 대답했다.

"그러하옵니다. 청국은 팔기가 주력이어서 군마 사육을 권장해 왔습니다."

"그런데 우리 대한은 주력이 보병이오. 물론 기병도 앞으로 10만까지는 양성할 계획이지만, 그 이상은 아니오. 그러니 지금부터는 소를 주종으로 키우도록 하시오. 그렇게 사육한 소는 상무사가 매입을 중개해 주겠소."

예제이가 확인했다.

"황태자 전하의 말씀을 일정한 가격을 유지해 주신다는 의미로 들어도 되겠사옵니까?"

"그렇소. 그러나 무한정 소를 매입할 수는 없소이다. 그러니 사육두수는 협의해서 조정하며, 매입 가격도 평균해서 결정할 예정이오."

생업을 보장해 주겠다는 발언이었다. 약간의 제재는 있었지만, 초원 부족 대표들이 크게 기뻐했다.

예제이가 문제를 지적했다.

"황태자 전하의 말씀대로만 조치해 주셔도 저희는 만족합니다. 그런데 문제는 만주입니다. 대한이 수복한 만주는 우리 몽골처럼 평원 지대가 널려 있사옵니다. 그곳에서 목축을 재개한다면 가격이 폭락하지 않겠사옵니까?"

다른 부족장도 나섰다.

"소인이 듣기로 대한은 바다 건너에 몽골 초원보다 넓은 영토를 갖고 있다고 했습니다. 만일 그곳에서 대규모 목축을 한다면 그것도 문제가 되지 않겠사옵니까?"

부족 대표들이 술렁였다.

황태자가 손을 들어 그들의 입을 닫게 했다.

"그래서 사육두수를 적정하게 조정하자고 했던 것이오. 그리고 만주는 걱정하지 마시오. 앞으로 만주는 개척이 진행되면서 대규모 농지로 전환될 것이오."

예제이의 눈이 커졌다.

"그러면 만주에서 목축을 하지 않는 겁니까?"

황태자가 고개를 저었다.

"완전히 그렇지는 않소. 만주는 넓어서 농사가 되지 않는 지역도 많소. 그런 지역은 어쩔 수 없이 목축을 해야겠지. 그러나 그런 지역에서는 군마 수급에 필요한 말을 사육할 계획을 갖고 있소이다."

"아! 그래서 우리에게 군마 사육을 하지 말라고 하셨군요."

"그렇소이다. 그러니 몽골 부족은 안심하고 소를 키워도 될 거요."

"알겠습니다. 그런데 양은 왜 권장하지 않으시는 것이옵니까?"

"본토 백성들은 양을 잘 먹지 않소. 그래서 양은 상무사가 매입을 중개하지는 않을 거요. 그러나 양털만큼은 매입할 것이고. 그러니 양털은 상무사에 넘기고 양고기는 장가구 상설시장과 산해관의 교역 도시를 통해 필요한 상인에게 매각하시오."

"산해관의 교역 도시라고요?"

"우리 대한은 정책적으로 한족의 장성 이북 거주를 제한한다는 사실은 알고 있겠지요?"

예제이가 크게 고개를 끄덕였다.

"물론입니다. 대한의 이주 제한 정책에 우리 몽골 부족들은 너무도 감격했사옵니다. 청국도 처음에는 그런 정책을 지켜오다, 얼마 전부터 한족의 내몽골 이주를 용인해 왔습니다. 그로 인해 상당한 문제가 발생하고 있는 상황입니다."

황태자가 이해했다.

"그렇겠지요. 정주민인 한족은 경작해야 살아갈 수 있으니, 목축이 생업인 몽골족과는 근본부터가 다를 수밖에요. 그렇다고 기존에 넘어간 한족들을 강제로 이주시킬 수는 없소이다. 그러나 앞으로는 만리장성을 이용해 확실하게 통제할 거요."

"만리장성이 그렇게 활용된다는 말에 얼마나 통쾌했는지 모릅니다."

몽골 대표들이 웅성거리며 격하게 반응했다.

황태자가 잠시 기다렸다 말을 이었다.

"장성을 통제하면 북방과 대륙의 교류가 단절되는 문제가 발생합니다. 그래서 우리는 산해관 주변을 대대적으로 확대해 모든 민족이 교류하는 장소로 만들고 있소이다."

"언제 개장을 하옵니까?"

"청군 포로들을 대거 투입해서 건설하고 있어서, 올가을부터는 방문해도 될 거요."

"장가구의 상설시장은 어떻게 되옵니까?"

"그 시장도 당연히 유지할 것이오. 그러나 대규모로 거래하려면 산해관의 교역 도시로 가는 것이 훨씬 도움이 될 거요."

예제이가 고마워했다.

"황태자 전하의 상세한 설명 감사드립니다. 그러면 언제부터 소를 매입할 계획이신지요. 그리고 우리가 지금 기르는 군마는 매입 계획이 아예 없으신지요?"

"군마도 어느 정도 매입해야 합니다. 그리고 그 세부 사항은 여기에 있는 동안 우리 실무자들과 논의를 해서 결정하시오."

"알겠사옵니다."

황제가 나섰다.

"다들 그만 일어나라. 짐은 쿠릴타이를 개최하고자 이곳에 왔다. 그러니 모든 초원 부족은 회의장으로 자리를 옮기도록 하라!"

쿠릴타이라는 말에 초원 부족들은 하나같이 얼굴이 상기되었다. 이들은 힘차게 대답하고는 행궁 정전을 나갔다.

황제도 황태자와 밖으로 나갔다.

황제는 청국 황제가 사용하던, 말이 끄는 대형 가마를 타고 삼림으로 들어갔다. 황제가 탄 가마는 전각 크기여서 몇 명의 내관도 함께 탑승했다.

목란위장의 삼림은 울창하다.

수백 년 동안 벌목과 출입이 금지된 탓에 나무 대부분이 아름드리 이상이었다. 그런 삼림을 두 시간여를 지나니 초원이 나왔다.

 삼림을 통과하는 내내 하늘도 제대로 보이지 않았다. 그러다가 만난 광경은 이제 막 녹색으로 덮이고 있는 끝없는 초원의 바다였다.

 황제가 감탄사를 터트렸다.

 "아아! 참으로 아름답구나. 누런 초원이 푸르게 생동하고 있구나."

 황태자도 상상 이상의 풍경에 놀랐다.

 그런 황태자의 옆으로 백동수가 다가왔다.

 "참으로 장관입니다. 목란위장의 자연이 아름답다는 말은 들었지만, 이 정도도 환상적일 줄은 몰랐습니다."

 황태자도 동조했다.

 "그러게 말입니다. 저도 상상 이상이네요."

 "목란위장을 관리하던 자들의 말에 따르면, 여기는 사계절이 모두 아름답다고 합니다. 그런 중에도 가을의 풍광이 최고이고요. 그래서인지 청국 황제도 입추에 맞춰 이곳에 와서 20여 일을 머물렀다고 합니다. 그것을 목란추선이라고 불렀고요."

 "그랬군요."

 두 사람은 대화를 나누면서 초원을 한동안 가로질렀다.

 그러던 황제의 행렬은 초원에 펼쳐진 병영을 만났다.

 병영은 몽골 방식의 겔로, 자연스럽게 울타리 형태로 배치되어 있었다. 중앙에는 광장이 있었으며, 황제의 겔과 몇 개의 귀빈용 겔도 세워져 있었다.

황태자가 확인했다.

"이번에 참여한 부대는 북방기병여단이라고요?"

"맞습니다. 북방기병여단은 북벌에서 최고의 전공을 세운 부대입니다. 그래서 지휘관회의에서 만장일치로 폐하의 사냥에 참여시켰습니다."

"잘하셨어요. 저도 보고를 받고서 최고의 결정이라는 생각했습니다."

"감사합니다."

이윽고 병영에 도착했다.

북방기병여단장 유병호가 지휘관들과 함께 대기하고 있었다. 황제가 가마에서 내리자 일제히 절도 있게 군례를 올렸다.

"충! 어서 오십시오, 폐하."

"다들 고생이 많다."

황제가 지휘관들을 일일이 격려했다.

그러고는 여단장의 안내를 받아 병영을 가로질러 광장으로 들어갔다. 광장에는 이미 회의를 위한 준비가 되어 있었다.

유병호가 권했다.

"폐하! 쿠릴타이를 열기 위해서는 준비가 필요하다고 합니다. 하오니 잠시 겔로 들어가셔서 쉬시옵소서."

"알겠다."

황제가 겔로 들어갔다. 그 대신 황태자가 남아서 쿠릴타이를 준비하는 모습을 지켜봤다.

준비가 끝나고 황제가 다시 나왔다.

예제이가 앞으로 나섰다.

"폐하! 쿠릴타이는 초원 부족의 가장 중요하고 오래된 집회입니다. 이 집회를 개최하기 전에 반드시 하늘에 고하는 제를 올려왔습니다."

황제도 이미 들어서 알고 있었다.

"짐도 그런 사실을 알고 있다."

예제이가 손짓을 했다.

그러자 부족 대표들이 깨끗하게 도축한 양을 가져왔다.

"제물로는 양을 바칩니다. 본래는 직접 살아 있는 양을 그자리에 잡았으나, 안전 문제도 있고 해서 저희가 미리 잡았사옵니다. 폐하가 계시는 단으로 제물을 올리도록 하라."

황제가 서 있는 뒤로 제단이 세워져 있었다.

양이 올려지자 황제가 나가 무릎을 꿇었다. 그러고는 두 팔을 들었다.

"하늘의 천신께 고합니다. 오늘 우리는 그동안 중단되었던 쿠릴타이를 개최하려고 합니다. 짐은 초원의 가한으로 초원을 대표해 제물을 올리오니, 부디 흠향하시고서 우리를 보살펴 주십시오."

이어서 절을 하고 일어났다.

이때 맑았던 하늘이 순식간에 어두워졌다. 초원에서는 수시로 날씨가 변해 다들 그러려니 했다.

그런데 놀라운 일이 일어났다.

우르릉!

갑자기 천둥이 울렸다. 그러고는 하늘이 열리면서 황제가 서 있는 곳만 햇빛이 비췄다.

그것을 본 초원 부족이 소리쳤다.

"오! 텡그리께서 오셨다!"

"모두 경배하라! 하늘이 우리 가한의 기도를 받아들이셨다."

황태자도 놀랐으나 자연현상이었기에 별다른 의미를 부여하지는 않았다. 그러나 아직 미신을 믿는 시대에 사는 사람들은 아니었다.

특히 라마교와 토속신앙을 숭배하는 초원 부족의 반응은 대단했다. 이들은 그대로 무릎을 꿇고서는 두 팔을 벌려 하늘에 대해 경의를 표했다.

놀랍게도 자연현상은 한동안 이어졌다. 그 바람에 대한의 지휘관들과 장병들도 모자를 벗을 정도로 감동했다.

그러던 자연현상은 어느 순간 서서히 사라졌다.

황제도 이런 현상은 처음이었다. 그래서 끝까지 몸을 움직

개혁군주

이지 않았다.

그러다 자연현상이 사라진 뒤 몸을 돌렸을 때, 용안은 더 없이 붉어져 있었다.

초원 부족 누군가가 소리쳤다.

"가한 폐하 만세!"

모든 사람이 일제히 복창했다.

"가한 폐하 만세!"

"만세!"

"만만세!"

한동안 만세 연호가 이어졌다.

그리고 쿠릴타이가 시작되었다.

쿠릴타이는 초원 부족 사이에서 오래전부터 이어져 온 합의제도다. 쿠릴타이를 통해 지도자를 선출했으며, 원나라 황제도 여기서 선출되어야만 진정한 황제로 인정받을 정도로 위상 또한 대단했다.

첫 번째 안건은 황제의 가한 추인이었다. 경이로운 자연현상을 목격해서인지 단 한 사람의 반대도 없이 열렬한 환호로 통과되었다.

이어서 각종 현안이 논의되었다.

수백 년 동안 중단되었던 쿠릴타이다. 그래서인지 온갖 현안이 쏟아졌다. 초원 부족들은 안건이 개진될 때마다 격렬하게 토론했다.

황태자는 토론을 지켜보다 감탄했다.

"놀랍네요. 초원 부족이 이토록 토론을 잘할 줄 몰랐습니다."

백동수도 동조했다.

"그러게 말입니다. 멱살을 잡아 가며 토론하는 것을 보면 곧 싸울 거 같은데, 막상 그러지는 않네요. 더 놀라운 건 그러다 결론이 나오면 그런 과정을 싹 잊어버리고 거기에 따르고요. 저런 합의 문화가 발달했기 때문에 과거에 몽골이 세상을 제패했었나 봅니다."

황태자도 인정했다.

"맞아요. 저런 복종심이 없었다면 칭기즈칸의 대업도 없었을 겁니다."

"우리도 본받을 필요가 있겠습니다. 우리는 장유유서를 앞세우는 바람에 젊은 사람의 의견이 무시되는 경향이 너무 많습니다."

"맞는 말씀이에요. 그래서 대학에서는 토론을 활성화하라고 했는데, 잘 지켜지는지 걱정입니다."

"잘될 것입니다. 다른 분도 아니고 황태자 전하의 엄명인데 누가 그걸 무시하겠습니까? 그런데 내년부터 온 백성을 대상으로 한 의무교육이 시행된다고요?"

"그래요. 이제 교원양성도 어느 정도 마쳐서, 그 결과를 바탕으로 전면적으로 시행을 하려고요. 초등학교는 의무교

육과 함께 무상교육을 시행할 것이고요."

"무상이면 부모들의 부담을 덜겠습니다."

"그렇지요."

"처음 시행하는 교육이니만큼 문턱이 낮으면 참여도는 그만큼 증대되겠지요. 그러면 대륙과 북방도 함께 실시합니까?"

"물론이지요. 그러기 위해 지금까지 준비를 해 왔는데요."

"한족의 참여도가 얼마나 나올지 걱정입니다."

"그들도 부모입니다. 자식의 출세를 바라지 않는 부모가 어디 있겠습니까?"

"그건 그렇습니다."

첫날의 쿠릴타이는 밤이 늦어서도 진행되었다. 황제는 적당한 때를 봐서 겔로 들어갔으나 황태자는 끝까지 토론을 지켜봤다.

그런 황태자의 머리 위에서는 북방의 별들이 쏟아져 내렸다. 그렇게 목란위장에서의 첫날밤이 지나고 있었다.

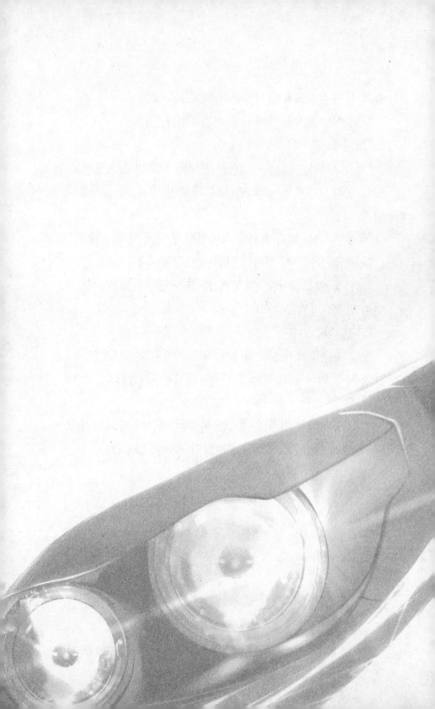

중앙 초원의 가치

쿠릴타이는 닷새 동안 진행되었다.

회의가 끝나고 다시 닷새 동안 사냥이 진행되었다.

가경제가 즉위하고 청국은 늘 어지러웠다. 그래도 즉위 초기에는 목란위장을 찾았으나 백련교의 난이 발발하면서 발을 끊었다.

그런 탓에 목란위장은 산짐승 천지였다.

황제는 말을 잘 타지 못해 사냥에는 참여하지 않았다. 그 대신 황태자가 참여해 꽤 준수한 성적을 올려서 주변을 놀라게 했다.

사냥이 끝나고 황제가 공산품을 모두에게 푸짐하게 하사했다. 몽골 부족 대표들은 이미 공산품을 경험한 터라 하사품에 크게 만족해했다.

그러나 오이라트와 중앙 초원에서 온 부족 대표들은 달랐다. 상무사와 접점이 없었던 이들은 대부분의 공산품을 처음 접했다.

이들은 황제의 하사품에 크게 감격했다. 그러면서 자신들도 교역에 적극 참여할 것을 다짐했다.

모든 일정이 끝났다.

황제는 연회를 베풀었다.

그동안에도 매일 저녁 술판이 벌어지기는 했으나 일정이 있었기에 다들 자중했다. 그러나 이날만큼은 마음껏 하루를 즐기게 했다.

이날 저녁 황태자는 몇 사람의 부족 대표와 마주 앉았다. 몽골 부족을 대표하는 예제이, 신강의 위구르족 대표와 중앙 초원 대표가 그들이었다.

예제이가 먼저 말문을 열었다.

"여기 두 사람이 전하를 따로 뵙고 싶어 했사옵니다. 그래서 접견 요청을 드렸는데, 흔쾌히 들어주셔서 감사합니다."

황태자가 고개를 저었다.

"아니에요. 나도 물어볼 사안이 있었는데 잘되었어요. 우선은 무슨 일로 접견 요청을 했는지부터 들어 봅시다."

위구르 대표가 먼저 나섰다.

"저희 위구르는 지속적으로 청나라에 핍박을 받아 왔습니다. 우리는 청의 지배에서 벗어나고 싶은데, 대한이 도움을 주실 수 있겠는지요."

황태자는 쉽게 답을 주지 못했다.

대한은 국익 때문에 청나라를 존속시키는 결정을 했었다. 그런데 위구르를 지원해서 청나라를 다시 곤경에 빠트릴 수는 없었다.

대한과의 전쟁에서 패한 청은 송과의 전쟁도 지속할 여력이 없었다. 그래서 송이 건국하는 상황을 지켜만 보면서 전쟁은 소강상태로 들어갔다.

'지금은 나라 안정에 전력을 기울여야 한다. 이러한 때 청국이 흔들리면 우리에게도 결코 유리하지 않다. 더구나 청국이 내부 불만을 밖으로 표출하려고 위구르를 이용할 수도 있어.'

위구르 대표의 표정이 간절해졌다.

"전하! 부디 우리에게 도움을 내려 주십시오."

황태자가 한숨을 내쉬었다.

"솔직히 지금 당장은 어렵습니다."

위구르 대표가 크게 실망했다.

"아!"

"그렇다고 돕지 않겠다는 건 아닙니다. 우리 대한은 지금 수복한 영토를 안정시키는 데 전력을 기울이고 있어요. 그래서 밖으로 고개를 돌릴 여력이 당장은 없습니다."

아쉬워하던 위구르 대표가 황태자의 말을 들으면서 안색

이 달라졌다.

"그러면 다음에는 도움을 주시겠다는 말씀입니까?"

"물론이지요. 나라의 안정이 우선이니 당면 과제를 먼저 처리해야 할 뿐입니다. 그대들에 대한 지원은 그다음에 분명히 해 줄 겁니다."

"감사합니다."

"그대들이 차지하고 있는 땅은 본래 초원 부족인 중가르의 것이었습니다. 아바마마께서 가한이 되셨으니 그 영토는 당연히 되찾아야겠지요. 그러나 위구르 부족이 정착한 지금은 구태여 그럴 필요는 없다고 생각하고 있습니다."

위구르의 중가르 점유를 인정한다는 말이다.

위구르 부족 대표가 더없이 공손하게 머리를 숙였다.

"감사합니다."

"잠시 기다리세요. 청국도 지금 당장은 내정이 어려워 그대들을 압박하지 않을 겁니다. 그러니 위구르 부족도 당분간 힘을 모으는 게 좋습니다."

위구르 부족 대표가 눈을 빛냈다.

"청국이 어려운 지금이 봉기할 적기 아닙니까?"

황태자가 고개를 저었다.

"그렇지 않아요. 청국의 우리에게 패했지만, 결코 만만히 볼 상대가 아니에요. 더구나 송과의 전쟁도 소강상태란 점도 문제이고요. 이런 상황에서 그대들이 봉기했다간 자칫 중가

개혁군주

르의 꼴이 되지 않는다는 보장이 없어요."

예제이가 거들었다.

"전하의 말씀이 맞습니다. 청국이 만신창이가 되었다고 해서 쉽게 보면 안 됩니다. 아직은 위구르 부족 정도는 충분히 상대하고도 남을 나라예요."

"맞아요. 그리고 청국이 내부의 불만을 잠재우기 위해 위구르를 이용할 수도 있습니다. 그리되면 위구르는 존폐의 위기에 직면할 수도 있습니다."

생각하는 것만 해도 끔찍했는지 위구르 부족 대표가 몸을 부르르 떨었다. 잠시 생각을 하던 그가 결심했다.

"알겠습니다. 전하의 말씀대로 와신상담하며 당분간 내실을 다지겠습니다."

"잘 생각했어요."

황태자가 중앙 초원 부족 대표를 바라봤다.

"이번에 많은 부족이 참여하지 않았더군요. 중앙 초원이 이전과는 변화가 많나 보네요."

중앙 초원 부족 대표가 고개를 끄덕였다.

"예, 그만큼 시간이 많이 흘렀으니까요."

여러 의미가 함축된 대답이었다.

말의 의미를 되새기던 황태자가 다시 질문했다.

"중앙 초원의 세력 판도는 어떻게 됩니까?"

"북부와 중앙부는 대표할 세력이 별로 없는 상황입니다.

그러나 카스피해 주변으로 히바와 부하라, 그리고 코간트 등 3개의 한국이 유지되고 있는 형편입니다."

"세 한국은 어렵겠지만, 북부와 중앙의 초원 부족들은 함께 왔으면 좋았을 것을요."

중앙 초원 대표가 고개를 저었다.

"안타깝게도 그렇게 하지 못했습니다. 지난 몇백 년간 우리는 거의 몽골 초원과 교류 없는 삶을 살아왔습니다. 종교도 이슬람을 받아들이면서 몽골 초원과는 궤를 달리하게 되었고요."

"종교가 바뀌면서 거리가 더 멀어졌겠군요."

"그렇습니다. 라마를 믿는 몽골과 알라를 모시는 우리는 삶의 방식 자체가 달라졌으니까요. 그리고 몽골이 청에 굴복하면서 초원에 대한 지배력이 크게 떨어졌습니다. 당연히 중앙 초원과는 더 멀어졌지요. 그 후로 교류는 더 줄어들면서 인연의 끈이 거의 퇴색되고 있었습니다. 아마도 이번에 불러주시지 않았다면 몽골 초원과의 인연이 완전히 끊어졌을 겁니다."

"그렇군요. 그래서 이번 쿠릴타이의 참석률이 극히 저조한 것이고요."

"그렇습니다. 이대로라면 형식적인 끈마저 끊어지는 건 시간문제입니다. 그리고 몽골과의 교류가 실익이 없다는 것도 문제였습니다."

황태자가 적극 동조했다.

"그렇겠지요. 실익이 없다면 구태여 먼 거리를 왕래하면서 인연을 이어 갈 필요는 없지요. 그런데 러시아와의 교류는 많습니까?"

중앙 초원 부족 대표가 고개를 저었다.

"우리 부족의 영역은 몽골 초원과 가까워 러시아와는 교류가 거의 없습니다. 하지만 러시아와 가까운 지역은 상당히 활발합니다. 그들과 교류를 해야 생활이 가능하니까요."

"그렇군요."

"그런데 황태자 전하, 이런 질문을 하시는 저의가 무엇인지요?"

"우리 대한은 청국과 달리 중앙 초원을 중시할 것입니다. 그 일환으로 나라가 안정되면 교류를 적극 추진할 것이고요."

중앙 초원 부족 대표가 반색했다.

"그러면 상단도 파견하실 것입니까?"

"물론입니다. 중앙 초원이 협조해 준다면 대규모 상단을 보내 줄 용의가 있습니다. 그리고 위구르처럼 요청이 있다면 군사적 지원도 적극적으로 해 줄 용의도 있습니다."

중앙 초원 대표의 안색이 대번에 변했다. 그가 경계의 눈빛을 해서는 조심스럽게 질문했다.

"황태자 전하, 대한이 몽골처럼 중앙 초원을 지배하려는 것입니까?"

황태자가 고개를 저었다.

"그렇지 않아요. 우리 대한이 중앙 초원을 직접 통치할 계획은 없습니다. 그러나 부황께서 초원의 주인이 되신 이상, 중앙 초원을 그대로 두고 볼 수는 없어서 이런 말씀을 드리는 겁니다. 그리고 우리는 함께 성장해야 한다는 것이 기본 방침이고요."

"어떻게 함께 성장한다는 말씀이신지요?"

"우선은 중앙 초원 부족이 자주권을 확보할 방안을 강구하려고 합니다. 그래야 외세의 압박에서 자유로울 수 있으니까요. 그러기 위해서라도 대대적인 교류를 통해 두 지역의 부족한 부분을 호환하려고 합니다."

예제이가 동조하고 나섰다.

"중앙 초원이 외세의 압박에서 벗어나야 합니다. 그러기 위해서는 강력한 군사력을 갖춰야 하고요. 그래야 초원의 고유 전통을 지키면서 발전할 수 있을 것입니다."

중앙 초원 대표도 인정했다.

"맞는 말씀입니다. 얼마 전부터 영국 군인 몇 명이 초원을 탐색했던 적이 있었습니다. 러시아는 이전부터 지속적으로 초원 부족과 교류하면서 야욕을 버리지 않는 상황이지요."

"러시아의 남진 야욕을 중앙 초원 부족들도 알고 있다는 말이군요."

"물론입니다. 몇 년 전에 러시아는 2만이 넘는 병력을 동원해 히바한국을 노린 적이 있었습니다. 당시 러시아 차르가 갑자기 서거하면서 수포로 끝났지만, 언제 그런 일이 다시 벌어지지 않는다는 보장이 없습니다."

황태자가 놀랐다.

"2만이 넘는 병력을 러시아가 동원했었다고요?"

"그랬었습니다."

"흐음! 그렇군요. 그러면 새로운 세력을 양성하는 것보다 히바와 다른 두 한국을 지원하는 게 좋겠군요."

"지금으로선 그게 좋습니다."

황태자가 예제이를 바라봤다.

"예제이 족장이 이들 부족과의 교류에 가교 역할을 해 주었으면 합니다."

예제이가 흔쾌히 받아들였다.

"전하의 명이라면 언제라도 받들겠습니다."

황태자는 한동안 긴밀한 대화를 나누었다. 그러고는 별도의 하사품을 주고서 돌려보냈다.

이들이 돌아가자 이원수가 질문했다.

"전하! 중앙 초원은 우리와의 교류가 거의 없던 지역입니다. 그런 중앙 초원의 부족 대표를 따로 부르신 연유가 있는지요."

"이 실장도 비단길을 들어 본 적이 있지요?"

"그렇습니다. 그런데 비단길의 경로는 중앙 초원이 아닌 페르시아를 거쳐 가지 않사옵니까?"

"그렇지요. 비단길이 생길 때만 해도 유럽은 별로 발달하지 않았으니까요. 그리고 교역을 아랍 상인들이 중개해서 여정이 그리로 향했었지요. 그러나 앞으로는 중앙 초원을 거치는 새로운 교역로가 만들어질 겁니다. 본토 부산에서 시작된 교역로는 황도를 거쳐 북경을 지날 겁니다. 거기서 북으로 올라 몽골 초원을 관통해 중앙 초원으로 넘어가지요. 그런 교역로는 계속 이어져 유럽의 끝인 포르투갈까지 연결될 것입니다."

이원수의 눈이 더없이 커졌다.

"그렇게 어마어마한 길이 정녕 만들어질 수 있겠습니까?"

"만들어질 겁니다. 아니, 내가 반드시 만들어 낼 것입니다."

"전하의 말씀대로라면 중앙 초원은 지정학적으로 중요한 위치가 되겠습니다."

"그렇지요. 중앙 초원에서 인도로도 길이 나고 페르시아로도 이어질 겁니다. 물론 러시아도 이어지겠지요. 그런 중앙 초원을 러시아나 영국이 장악하면 안 되잖아요."

"그러면 과거 칭기즈칸처럼 원정대를 보내 아예 장악하시지 않고요."

황태자가 딱 잘랐다.

"과유불급입니다. 지금의 우리로서는 하고 싶어도 할 수가 없습니다."

"나라가 안정되고 인구가 지금보다 몇 배로 늘어나면 가능할 수도 있지 않겠습니까?"

"그때는 가능하겠지요. 그러나 우리가 중앙 초원을 차지하게 되면 러시아와 영국을 동시에 상대해야 합니다. 그렇게되는 상황보다 중앙 초원에 절대적인 영향력을 행사하는 편이 훨씬 좋습니다."

이원수가 크게 고개를 끄덕였다.

"중앙 초원에 우리를 신속하는 나라가 들어서는 게 좋다는 말씀이군요."

"그래요. 그래야 다른 나라들을 적절히 견제할 수가 있어요. 그러면서 우리의 국익을 최대한 증대시켜 나가야 해요."

"중앙 초원이 단순한 지정학적 이점만 있는 게 아니라는 말씀이군요."

황태자가 크게 웃었다.

"하하하! 역시 이 실장은 감이 좋아요. 맞아요. 중앙 초원에는 엄청난 양의 지하자원이 매장되어 있지요. 우리가 중앙초원에 강력한 영향력을 행사한다는 것은 그런 지하자원을우리가 선점할 수 있다는 거지요."

이원수가 고개를 저었다.

"황태자 전하를 모시다 보면 놀라운 점이 하나둘이 아닙니다."

"왜요? 한번 가 보지도 않은 중앙 초원에 대해 내가 너무 많은 부분을 알고 있는 게 이상한가요?"

"그건 아니옵니다. 전하께서 전생을 기억하신다고 하니 그럴 수도 있다고 생각됩니다."

"그러면 무엇이 놀랍다는 말이지요?"

"우리의 지금 국력이라면 청국은 물론 송도 무난히 제압할 수 있을 정도가 됩니다. 중앙 초원도 마찬가지고요. 그런데 전하께서는 어느 정도 선을 그어 놓으시고는 딱 거기에 맞추세요. 소인이 역사에 대해 잘은 모르지만, 어느 정복자도 이런 식으로 정리를 했다는 걸 들어 본 적이 없습니다."

황태자가 미소를 지었다.

"정확히 봤어요. 나는 필요 이상의 영토를 얻을 생각이 없어요. 지금의 영토만 해도 관리하기 어려울 정도로 넓어요."

"태평양이 문제이기는 합니다."

"그렇지요. 그래서 당장은 아니지만 먼 훗날, 나라가 완전히 안정되면 자치권을 부여할 지역도 다수 만들 계획도 갖고 있지요."

"북미와 대륙을 말씀하시는 것이옵니까?"

황태자가 한발 물러섰다.

"꼭 거기만은 아니에요. 그리고 너무 큰 지역에 자치권을 주면 그게 또 화근이 될 수가 있어요. 그래서 적당히 나눠서 통치하려고 합니다."

이원수가 이의를 제기했다.

"전하! 우리 대한의 인구는 지금 폭발적으로 늘어나고 있사옵니다. 이대로라면 머잖아 본토 인구만 3천만이 넘을 것입니다. 여기에 대륙과 북방까지 합치면 5천만을 훌쩍 넘을 것이고요. 전하의 예상대로라면 거기서 20년이 다시 흐르면 1억 이상의 인구가 되지 않겠사옵니까."

황태자도 동조했다.

"지금대로라면 그렇게 될 가능성이 높지요. 아니, 훨씬 더 증가할 가능성이 높지요."

"대륙의 한족이 포함되었다고 해도 1억 이상이면 어마어마한 인구입니다. 그 정도라면 세상의 어느 나라와도 자웅을 겨뤄도 되지 않겠사옵니까?"

"그렇기는 해요."

"소장은 막강한 군사력을 적극 활용해야 한다고 생각합니다. 그렇게 얻은 영토를 훗날 독립을 시켜 주는 한이 있더라도 외부로의 팽창에 적극 나서야 한다고 생각하옵니다."

황태자의 안색이 심각해졌다.

"이 실장도 그런 생각이군요."

"누가 저와 같은 말을 한 사람이 있사옵니까?"

"국방대신도 며칠 전 그런 말을 하더군요. 전투 경험이 많은 우리 병력을 그대로 사장하는 것 같아서 안타깝다고 하면서요."

"맞습니다. 그리고 젊은 지휘관들의 다수도 같은 생각을
갖고 있습니다."

황태자가 고개를 저었다.

"아직은 시기상조예요. 지금은 무조건 대륙부터 안정을
시켜야 해요. 아직 우리의 국력으로는 동시에 두 가지를 추
진할 수는 없습니다."

"그 말씀은 맞습니다."

"우리는 내부적으로 할 일이 많습니다. 그러나 오늘 제기
된 문제만큼은 시간을 두고서 좋은 방안을 연구해 보도록 하
지요."

이원수가 고개를 숙였다.

"소장이 공연한 말씀을 드려 심기를 어지럽혔사옵니다."

"아닙니다. 군의 여론을 알려 주는 것도 이 실장의 소임입
니다. 신경 쓰지 마세요."

이원수가 인사를 하고 물러났다. 그러나 황태자는 오랫동
안 자리를 떠나지 않았다.

❋

다음 날.

초원 부족이 일제히 돌아갔다.

이들을 배웅한 황제와 황태자는 피서산장으로 돌아와 며칠을 쉬었다. 그러고는 연산산맥을 따라 내려와 조양을 거쳐 금주에 도착했다.

황제가 주변을 둘러보며 감탄했다.

"허허! 참으로 놀랍구나."

황태자가 나섰다.

"무엇이 놀랍다는 말씀이옵니까?"

"금주는 지난 전쟁에서 완전히 폐허가 되었다고 들었다. 그런 금주에 저렇게 말끔하게 성곽을 새로 축성했을 줄 몰랐구나."

"아! 소자가 봐도 그렇기는 하옵니다."

"헌데 금주성의 규모가 생각보다 작은 듯하구나. 저 정도면 요새 정도로밖에 보이지 않는구나. 오! 그리고 보니 성의 형태도 별 모양이야."

"정확히 보셨사옵니다. 앞으로는 성을 저처럼 요새화할 예정입니다. 그래서 평상시에는 군부대가 주둔하고 유사시에는 주변 백성들을 받아들이려고 하옵니다."

"그렇게 하면 백성들이 불안해하지 않겠느냐?"

"과거였다면 성벽이 큰 역할을 했사옵니다. 그러나 화기가 발달하면 할수록 성벽은 심리적 저지선으로 격하되옵니다. 그렇다고 일부러 성벽을 허물 필요는 없지만, 새로 축성하게 되는 경우는 저처럼 요새화할 예정입니다."

"그러면 요양도 그렇게 할 것이더냐?"

"요양도 기조는 그렇게 가져가려고 합니다. 그래서 성벽은 북경처럼 높고 넓게 축성하지는 않을 것이옵니다. 그 대신 네 곳에 성형 요새를 축성해 성의 방어력을 보강하려고 합니다."

"아! 맞다. 짐이 도면을 보니 요새를 누각 형태로 돌출하게 그려졌더구나."

"그러하옵니다."

황제가 고개를 저었다.

"짐도 세월은 어찌할 수가 없구나. 황도 건설에 관한 중요한 일도 깜빡하니 말이다."

황태자가 급히 위로했다.

"그렇지 않사옵니다. 소자가 제출했던 도면은 일찍이 없었던 축성 방식이어서 아바마마께서 잠시 간과하신 것이옵니다."

"후후! 그랬을 수도 있겠지. 그런데 그러한 축성 방식은 서양의 형태를 차용한 것이더냐?"

"서양식과 우리식을 혼용했사옵니다."

"그래?"

"지금까지 금군이 도성 안에 주둔해 있었사옵니다. 이런 배치는 평상시에는 문제가 없지만, 역모가 있는 경우에는 큰 문제가 발생할 수가 있사옵니다. 그렇다고 해서 금군을 도성

밖에 주둔시킬 수도 없는 형편이고요."

"금군 병력을 네 곳의 요새에 분산배치 하겠다는 것이구나."

"그렇사옵니다. 그렇게 되면 한 곳에 문제가 생기더라도 다른 곳이 대응할 수가 있사옵니다. 더불어 황성 안에서 불온 세력이 발호해도 빠르게 진압할 수가 있고요."

황제도 동의했다.

"그렇기는 하다."

"그리고 요양 황성과 자금성도 북경처럼 넓은 해자와 높은 담장을 쌓을 것이옵니다."

"좋은 생각이다. 그리하면 유사시에 대비할 시간을 벌 수 있겠구나."

"예. 그리고 경호 병력을 황성에 주둔시켜 이중의 대비를 할 것입니다."

황제가 크게 만족해했다.

"보고는 이미 받았다. 그럼에도 한 번 더 확인해 보니 잘 세워진 계획이 분명하구나. 네 계획대로 100만이 거주할 수 있는 황도를 잘 건설해 보도록 해라."

"예, 아바마마."

"한양의 명문들도 대거 이주를 결정했다고 한다."

"역시 그들도 이주를 결정하는군요. 봉작 가문이 전부 이주를 결정했사옵니다. 더구나 상무사가 이주에 많은 지원을 해 준다는 약속을 했고요. 그런 상황에서 한양에 남으면 그게 오히려 이상한 일이지요."

황제도 인정했다.

"눈에서 멀어지면 마음에서 멀어진다는 말이 있다. 권력도 마찬가지여서, 짐도 경화사족들이 이주를 결정할 거란 예상은 했다. 그렇다고 해도 의외로 빠르게 결정을 내린 것이 놀라기는 했다."

"저들도 이제 알 것입니다. 칭제건원이 결코 나라 이름만 바꾼 것이 아니란 사실을요."

"으음!"

"개혁은 이제 거스를 수 없는 대세가 되었사옵니다. 더 중요한 사실은 그동안의 노력으로 개혁의 수레바퀴가 스스로 굴러가고 있사옵니다. 그것도 급격하게요."

황제도 인정했다.

"네 말이 맞다. 지금은 하루가 다르게 세상이 변한다. 그런 변화에 동참하지 못하면 아무리 명문 거족도 스러지는 건 순간이다."

황태자가 문제를 지적했다.

"이번 기회에 경화사족들도 바뀌어야 합니다. 이전처럼 과거의 영화에 연연하거나 가문의 위세를 믿고 안주한다면 그 가문의 미래는 없다고 봐야 합니다. 경화사족들은 그래도 우리 대한의 선도적인 가문입니다. 그런 가문이 변화를 감지 못하고 있다면 이미 끝났다고 봐야 합니다."

황태자의 말이 결코 가볍지 않았다. 개혁에 동참하지 않으면 경화사족도 내치겠다는 의미였다.

황제는 그런 황태자의 말을 들으면서 만류는커녕 적극 동조했다.

그만큼 세상은 변하고 있었다.

황제 스스로도 그런 변화를 이끌어 가려 노력하고 있었다. 그래서 황태자가 추진하는 개혁의 수레바퀴는 더 힘차게 구를 수 있었다.

황제는 금주성의 주둔부대를 위로하고는 곧바로 이동해 영원성을 찾았다. 북벌 당시 결전이 벌어졌던 영원성도 완전히 달라져 있었다.

요서 지역의 요충지 몇 곳을 둘러본 황제가 다음으로 산해관을 찾았다. 산해관은 황태자가 교역 도시로 만들려는 계획하에 집중적인 개발이 진행되고 있었다.

그 바람에 온 사방이 공사 현장이었다.

본래는 안전이 우려되어 황제가 방문하기에는 적절하지 않았다. 그런데도 황제는 민족의 애환이 서린 산해관을 직접 보고 싶어 했다.

그런 바람을 황태자는 만류하지 못했다. 그래서 경호 병력을 대폭 충원해서 산해관을 찾았다.

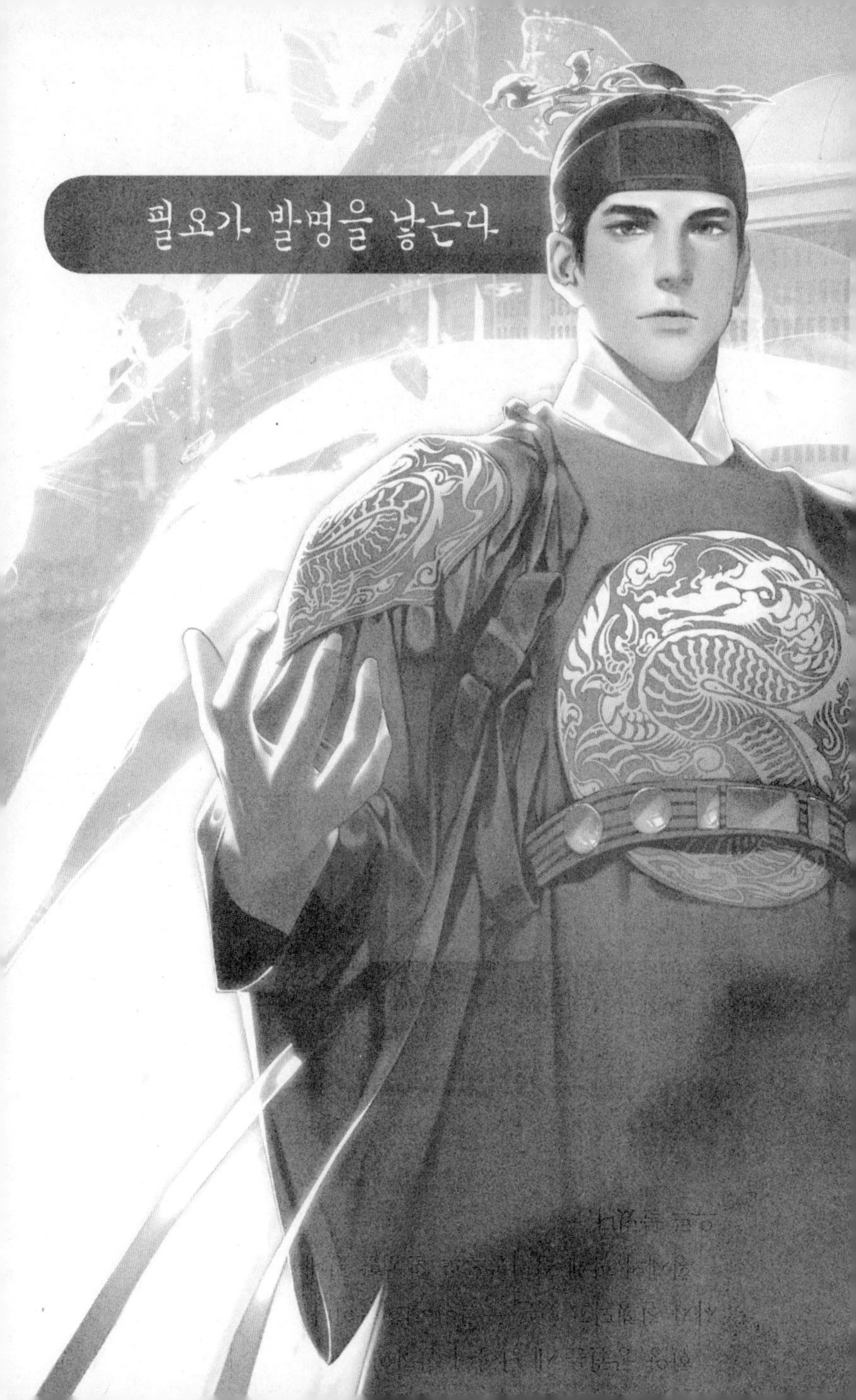
필요가 발명을 낳는다

　교역 도시 공사에는 5만이 넘는 포로가 투입되어 있었다.
많은 인력이 투입된 덕분에 만리장성과 주변 요새는 이전의
모습을 온전히 찾았다.

　황제가 산해관문에 올랐다.

　만리장성은 깨끗하게 보수가 끝나 있었다. 그리고 산해관
성 방면에는 많은 사람으로 북적였다.

　주변을 둘러본 황제는 그 웅장함에 몇 번이고 탄성을 터트
렸다. 그러나 황태자는 놀라운 장면을 보고 깜짝 놀랐다.

　황제가 질문했다.

　"무엇을 보고 그리 놀라느냐?"

　"아바마마! 저기, 저 아래를 보십시오."

황태자가 손으로 공사가 진행되는 한 곳을 손으로 가리켰다. 그곳에는 놀랍게도 철로 된 노선이 깔려 있었으며, 그 위로 증기기관차와 비슷한 형태와 몇 량의 화차(貨車)가 달려 있었다.

"저게 무엇에 쓰는 물건인고?"

"소자도 처음 보는 물건이옵니다. 다만 증기기관을 활용한 것을 보니, 필요 때문에 이동 수단을 발명한 것으로 보입니다."

황제의 용목이 더없이 커졌다.

"저 물건이 이동 수단이란 말이더냐?"

"그렇게 보이옵니다."

"허허! 믿을 수가 없구나. 저 물건은 증기를 내뿜는 것을 보니 증기기관이겠구나. 그런데 어떻게 말이 끌지도 않는데 움직일 수 있다는 말이냐?"

황태자가 대충 얼버무렸다.

"소자도 자세한 구동 원리는 모르옵니다."

"그런데 어떻게 이동 수단이란 것을 단정하느냐?"

황제의 이 말이 끝나기도 전이었다.

황제를 모시는 대전 내관이 놀라 호들갑을 떨었다.

"폐하! 저 물체가 움직이옵니다!"

황제가 크게 놀랐다.

서 있던 물체가 잠시 증기를 뿜어내더니 이내 움직였던 것이다. 그런 물체는 철로를 따라 조금씩 속도를 더하며 움직였다.

황제가 탄성을 터트렸다.

"이야! 참으로 놀랍구나. 저 무거운 쇳덩이를 어떻게 했기에 움직일 수 있단 말인가?"

황태자도 놀랐다.

"대단하네요. 소자도 움직일 거란 짐작은 했지만, 직접 움직이는 모습을 보니 감탄이 절로 나옵니다."

"허허! 그러게 말이다. 저렇게 많은 물건을 싣고도 움직일 수 있다니."

백동수가 제안했다.

"폐하! 저 물건을 만든 자를 불러올려 하문해 보시지요."

황제가 고개를 저었다.

"아니오. 짐이 직접 내려가서 확인해 보는 게 좋겠소."

황태자도 동조했다.

"그렇게 하십시오. 저런 물건은 직접 살펴보시는 게 좋습니다. 그래야 만든 사람의 기술을 제대로 이해할 수 있사옵니다."

"옳은 말이다. 그렇게 하자."

백동수가 몸을 숙였다.

"잠시 기다리옵소서. 신이 직접 내려가서 아래를 정리하겠사옵니다."

교역 도시 공사 영역은 상당히 넓다.

더구나 석하강변으로는 성벽도 새로 건설하고 있어서 정신들이 없었다. 이런 공정을 갑자기 중지하려니 한동안 소란스러웠다.

다행히 별다른 문제 없이 현장이 정리되었다. 인부들과 현장 관계자 모두 황제와 황태자가 방문했다는 사실을 알고 있었기 때문이다.

황제와 황태자가 아래로 내려갔다. 현장을 관리하던 공병단장이 절도 있게 군례를 올렸다.

"충! 공병단장 방우정(方禹鼎)이 황제 폐하와 황태자 전하의 방문을 진심으로 환영하옵니다."

교역 도시 건설은 대규모 역사다.

장성 서쪽에서 이곳의 공사보다 규모가 큰 현장은 없다. 물론 자금성과 별궁의 해체공사도 크지만, 규모 면에서는 비교가 되지 않았다.

북방과 대륙의 교류를 위해 건설되는 도시여서 상징성 면에서도 비교를 불허한다. 그런 공사여서 대륙군의 공병단장이 공사를 책임지고 있었다.

황제가 손을 내밀었다.

"수고가 많네."

"폐하를 뵙게 되어 영광입니다."

"짐이 저 위에서 놀라운 물건을 목격했네. 그래서 궁금증을 참을 수 없어 이렇게 온 것이라네."

공병단장이 몸을 비켰다. 그런 그의 뒤로는 성벽에서 바라본 물체가 서 있었다.

"이 물건을 말씀하시옵니까?"

"오! 그래. 바로 그 물건이네."

"우선은 직접 살펴보시옵소서. 설명은 그 연후에 상세히 해 드리겠사옵니다."

금군대장이 나섰다.

"방 단장, 위험하지는 않소?"

"고압의 증기가 뿜어 나오기는 합니다. 그러나 워낙 튼튼하게 만든 물건이어서 걱정하지 않으셔도 됩니다."

황제가 기계로 다가가 살폈다.

황태자도 다가가 한동안 기계를 살폈다. 그러던 황태자는 기계의 작동 원리를 보면서 크게 고개를 끄덕였다.

황제가 그 모습을 보고서 질문했다.

"잘 살펴보았느냐?"

"예, 그러하옵니다. 아바마마께서 보시기에는 어떤지요?"

황제가 너털웃음을 터트렸다.

"허허! 짐이 기계에 대해 알아야 얼마를 알겠느냐. 솔직히 뭐가 뭔지 모르겠구나. 단지 이렇게 복잡한 구조의 기계를 우리 기술자들이 만들었다는 사실이 놀랍기만 하다."

"소자가 한 번 더 살펴보겠사옵니다."

"그렇게 하라."

황태자가 공병단장을 바라봤다.

"이 기계를 만든 사람이 지금 있나요?"

공병단장이 준무관을 지목했다.

"여기 이 사람이 개발했습니다."

시선이 쏠리자 준무관이 크게 당황했다. 그러나 이내 정신을 차리고는 자세를 바로 했다.

황태자가 먼저 치하부터 했다.

"대단한 물건을 발명했소."

준무관이 고개를 저었다.

"아닙니다. 소인은 단지 실무를 담당했을 뿐입니다. 처음 제작을 제안하고 구동 원리 등을 생각해 내신 것은 공병단장님이십니다."

황태자가 공병단장을 바라봤다.

방우정이 머쓱한 표정을 지으며 상황을 설명했다.

"제안은 소장이 한 것이 맞습니다. 허나 실무에서 김 상사가 받쳐 주지 않았다면 화차(火車)를 만들어 낼 수 없었사옵니다."

"화차라고 이름을 지었나 보네요."

"그러하옵니다."

"상세한 설명을 듣고 싶은데, 가능하겠습니까?"

"예, 전하."

방우정이 화차로 다가갔다. 그는 갖고 있는 지휘봉으로 화차를 짚어 가며 설명을 시작했다.

"소장이 화차를 개발하려 했던 까닭은 공기 단축과 인력절감을 달성하기 위해서였습니다."

황제가 놀랐다.

"공사에 무려 5만이 넘는 포로가 참여했는데도 인력이 부족하단 말인가?"

"송구하지만 그렇사옵니다. 포로뿐이 아니라 백여 명의 건설기술자와 수백의 공병단도 참여하고 있습니다. 그러나 워낙 규모가 큰 탓에, 그 모든 인력이 투입되었음에도 늘 부족합니다. 그러다 보니 공기도 늘어지려 하고요. 그래서 고심 끝에 증기기관을 활용할 방안을 찾게 되었사옵니다."

"필요가 발명을 낳았다는 말이구나."

"그렇사옵니다. 증기기관은 무거운 중량을 들어 올리는 대형 거중기의 동력원이었습니다. 그런 거중기를 살피던 소장은 문득 증기기관을 고정하지 않고 이동시키면 어떨까 하는 생각을 하게 되었습니다."

"아! 기관을 이동시키자?"

"예. 그렇게 되면 상하로 기관이 움직이며 발휘하는 힘을 회전으로 바꿀 수 있겠다는 생각도 하게 되었고요. 그렇게 회전이 되려면 기관에 바퀴를 달아야 했고요."

그가 증기기관의 한 부분을 짚었다.

"그러려면 이런 식으로 압력통과 기관의 위치를 바꿔서 배치해야 했습니다."

그의 설명은 시간이 지나면서 열기를 더했다.

황태자는 그의 설명을 들으며 연신 고개를 끄덕였다.

증기기관은 광산과 거중기, 그리고 공장의 동력원으로 사용되어 왔다. 그래서 직선의 동력을 곡선운동으로 바꾸는 크랭크축은 이미 만들어져 있었다.

그랬기에 증기기관차에 대한 개념을 정립하는 건 어렵지 않을 수도 있었다. 그러나 새롭게 만들어진 크랭크축과 정교한 부품을 본 황태자는 놀랐다.

황태자가 나섰다.

"화차에 사용되는 부품이 참으로 정교하군요. 그런데 이 강제는 주철이 아닌 거 같군요."

"그렇사옵니다. 부품을 정교하게 만들기 위해서는 연철(鍊鐵)을 사용해야 합니다. 연철을 사용하자는 제안은 김강석 상사가 했습니다."

황태자가 김강석을 바라봤다.

"왜 연철을 사용하자는 제안을 했지요?"

"주철은 강하지만 쉽게 부러집니다. 더구나 가공하기도 힘들뿐더러 강력한 힘을 지탱하기도 어렵사옵니다. 반면 연철은 화기에 사용될 정도로 안정성이 이미 입증된 재질이어서 단장님께 권해 드린 것이옵니다."

"놀랍군요. 우리 대한의 제철공업은 이제 막 시작되었다고 해도 과언이 아니에요. 그래서 전문가가 아니면 주철과 연철의 장단점을 잘 모르는데, 김 상사는 그걸 알고 있었네요."

김강석이 절도 있게 몸을 숙였다.

"감사합니다. 소장도 본래는 잘 몰랐었사옵니다."

"그런데 어디서 정보를 습득한 것이지요?"

"소장은 훈련도감 출신이옵니다. 그래서 준무관이 되면서 잠시 여의도에서 근무한 적이 있었사옵니다. 그때 귀동냥으로 들었던 지식이 이렇게 도움이 될 줄 몰랐습니다."

황태자가 크게 고개를 끄덕였다.

"그랬군요. 여의도에서 근무했었다면 연철에 대해 누구보다 잘 알겠네요. 그런데 저 철로도 연철로 만든 건가요?"

공병단장이 대답했다.

"그렇사옵니다. 처음에는 주철로 만들었는데, 몇 번 사용하지도 못하고 깨져 버렸사옵니다. 그래서 본토의 제철소에 특별히 주문해 연철로 철로를 만들면서 그런 현상이 사라졌습니다."

"실패의 경험이 성공을 낳은 것이군요."

"맞습니다. 화차가 모양은 없지만 수십 차례 실패를 경험한 산물이옵니다."

황태자가 펄쩍 뛰었다.

"무슨 말을 그리합니까? 과인도 그렇지만 폐하께서 얼마나 관심이 크셨으면 직접 내려와 확인까지 하셨겠습니까. 이 화차는 별거가 아니라 앞으로 어마어마한 파급력을 갖게 될 겁니다."

황제가 궁금해했다.

"이게 그렇게 대단한 물건이더냐?"

"그렇사옵니다. 화차는 힘이 좋아서, 뒤에다 사람이 타는 객차를 연결하면 단번에 수백 명을 수송할 수 있게 되옵니다."

황제가 깜짝 놀랐다.

"그렇구나. 짐이 미처 거기까지는 생각을 못 했다. 저렇게 많은 물건을 실어 나를 힘이라면 수백은 거뜬히 수송하겠어."

"그뿐이 아닙니다. 연료만 계속 보급해 주면 화차는 밤낮을 가리지 않고 세상 끝까지라도 갈 수 있사옵니다. 그러기 위해서는 철로를 까는 게 우선이기는 하지만요."

황태자가 공병단장을 바라봤다.

"화차를 만들면서 가장 큰 애로사항이 무엇이었지요?"

"윤활유였습니다."

의외의 대답에 황태자가 놀랐다.

"윤활유라고요?"

"그러하옵니다. 만일 윤활유인 고래기름이 없었다면 화차

개혁군주

를 운용할 수 없었을 것입니다."

그가 부품들을 짚으며 설명했다.

"여기 보시는 대로 모든 접합 부분에는 전부 윤활유로 떡칠을 해 놓았습니다. 이렇게 하지 않으면 아무리 연철이라고 해도 마모가 발생하면서 부품을 얼마 사용 못 하게 됩니다. 심지어 연결부위에 열이 나서 그대로 붙어 버리기도 하고요."

"맞아요. 윤활유가 없으면 구동이 어렵지요. 그런데 제동은 어떻게 합니까?"

방우정이 고개를 저었다.

"화차의 제동은 아주 어렵습니다. 화차 개발은 기동보다 제동이 관건이었습니다. 그 바람에 수많은 시행착오를 겪었고요. 그러다 바퀴에 철판을 붙이는 제동 방식을 찾아내었습니다. 그러나 그래도 제동이 제대로 되지 않아 공기를 활용한 제동장치를 만들었사옵니다."

들을수록 놀라웠다.

황태자가 연신 고개를 저었다.

"대단하군요. 참으로 대단해요."

황태자는 연신 감탄하며 화차를 둘러봤다.

그러던 황태자가 걸음을 멈추고 결정했다.

"화차(火車)라는 이름도 좋기는 합니다. 그런데 저렇게 물건을 선적한 차량도 화차(貨車)라고 불러야 하니 나중에는 혼란스러워질 거예요. 그러니 지금부터 이 이름을 기관차(機關

車)로 정의합시다."

공병단장이 바로 화답했다.

"기관차란 명칭이 좋습니다. 그러면 앞으로 증기기관차라고 부르면 되겠습니다."

"그렇지요. 속도를 높이고 다량의 화물을 수송하려면 무엇보다 증기기관차의 힘이 좋아야 합니다. 그러기 위해서는 압력통의 크기도 커야 할뿐더러, 기압을 어떻게 조절하느냐가 관건이 될 겁니다."

이번에는 공병단장이 놀랐다.

"참으로 대단하시옵니다. 기관차를 처음 보신 전하께서 문제점을 단번에 파악하실 줄 몰랐사옵니다. 맞습니다. 저희도 기관차를 만들면서 압력통의 기압 조절이 가장 어려웠습니다. 크기도 얼마나 해야 하는지가 문제였고요."

그러면서 자신의 생각을 밝혔다.

황태자는 증기기관차에 대해 다양한 질문을 했다. 그런 질문에 방우정은 명쾌한 대답을 하며 황태자를 놀라게 했다.

물론 전혀 대답을 못 하는 부분도 있기는 했다. 그러나 그런 질문은 기술 발전이 필요한 사항이었기에 황태자는 더없이 만족했다.

"이 증기기관차가 제대로 완성된다면 부산에서 출발해 한양과 황도를 거쳐 북경까지, 그리고 북경에서 북으로 올라가 몽골 초원을 가로지르게 될 겁니다. 그리고 중앙 초원을 다시 가로질러 유럽에 도착하게 될 겁니다."

방우정의 눈이 아스라해졌다.

"아아! 눈에 그려지옵니다. 거친 광야를 끝없이 달려 증기 기관차가 동서양을 가로지르는 모습이오. 그렇게 된다면 분명 새로운 역사가 창조될 것입니다."

"바로 그거예요. 그리고 북미의 알래스카에서 북미 대륙을 가로질러 뉴올리언스까지 내려간다고 생각해 보세요."

방우정이 격하게 대답했다.

"북미 지역의 발전은 그야말로 눈부시게 빨라질 것이옵니다. 아울러 전역 장병들을 비롯한 이주민의 정착도 더한층 쉬워질 것이고요."

"그렇습니다. 그렇게 전국 각지로 철도가 연결되면 우리 대한은 다른 나라가 감히 따라오지 못할 정도로 발전하게 될 것입니다. 아울러 인구도 폭발적으로 늘어나는 원동력이 될 것이고요."

대화를 듣고 있던 황제가 주먹을 움켜쥐었다.

"1억 신민이 결코 꿈이 아니겠구나."

"예, 아바마마. 기술의 발전은 곧바로 경제 발전을 가져오게 됩니다. 아울러 의학 등 각종 과학도 급속히 발전하게 될 것이고요. 경제와 과학이 발전하게 되면 인구는 폭증하게 되옵니다. 그리되면 소자가 말씀드린 인구 증가 속도보다 훨씬 더 빨리 인구가 늘어나게 될 것이옵니다."

황제가 탄성을 터트렸다.

"하아! 놀랍구나. 증기기관차의 발명 하나가 이렇게 원대한 이상을 실현하는 단초가 될 수 있다는 사실이 믿기지가 않아."

"충분히 가능한 일이옵니다. 그리고 소자가 반드시 그렇게 되도록 만들어 보겠사옵니다."

"오냐. 짐도 너를 믿고 지켜보도록 하마."

황태자가 황제에게 진언했다.

"아바마마! 이 기관차는 그렇듯 세상을 뒤바꿀 정도의 놀라운 발명입니다. 소자는 이 기관차의 개량 작업에 국가 차원의 지원이 있어야 한다고 생각하옵니다. 그러기 위해서는 정부에서 의지를 갖고 철도사업을 적극 추진해야 하고요."

황제도 적극 동조했다.

"그래, 그렇게 하자. 짐이 생각해 봐도 이 기관차는 세상을 뒤바꿀 놀라운 물건이 분명하다. 그러면 어떻게 추진하면 좋겠느냐?"

"국토교통성의 산하에 철도개발본부를 새로 설립했으면 하옵니다. 그래서 여기 두 사람을 발탁해 증기기관차 개발과 철도부설에 대한 전권을 맡겼으면 하옵니다."

"방 단장을 본부장에 임명하자는 말이구나."

방우정이 황급히 몸을 숙였다.

"폐하, 그리고 황태자 전하. 소장은 군인이옵니다. 그런 소장이 정부 기관의 장이 되다니요. 이건 군의 정치적 중립에 위배되는 행위이옵니다."

황태자가 고개를 저었다.

"그렇지 않아요. 현역으로 참여하면 문제가 되지요. 그러나 전역을 한 뒤 민간인의 신분으로 참여하면 전혀 문제가 되지 않아요."

방우정이 난감한 표정을 지었다.

"소장이 전역을 해야 한단 말씀이옵니까?"

황태자가 싱긋이 웃었다.

"대령에서 전역하려니 내키지 않는가 보네요."

심중을 들킨 방우정의 안색이 붉게 변했다. 잠시 머뭇거리던 그는 본심을 토로했다.

"무관 중에서 장군의 꿈을 갖고 있지 않은 사람이 어디 있겠사옵니까? 맞습니다. 소장은 좀 더 노력해 장관(將官)이 되고 싶은 게 사실입니다."

황태자가 크게 웃었다.

"하하! 그 점은 조금도 걱정하지 마세요."

"예? 그게 무슨 말씀이시온지요?"

"방 단장은 북벌에서 직접 전투에 참여하지 않았을 거예요. 그래서 참전의 공으로 승진만 한 것으로 알아요. 그렇지 않나요?"

방우정이 당황해했다.

"전하께서 소장을 아실 줄 몰랐사옵니다."

"하하! 그만큼 방 단장이 아쉬워서예요. 지난 북벌에서 공적을 조금 더 쌓았다면 더 좋은 포상을 받았을 거예요. 그랬다면 결과는 지금과 많이 달라졌겠지요. 그래서 다른 사람은 모르지만, 방 단장만큼은 기억하고 있지요."

"아!"

"그런데 오늘 여기 와서 보니 다시 희망이 보이네요."

방우정이 눈을 빛냈다.

"그래서 소장에게 전역을 해서라도 철도개발본부장에 취임하라는 말씀이군요."

"그래요. 그리고 지금의 공적만으로도 장관으로 특진이 가능합니다. 그러니 특진과 동시에 전역한다면 방 단장의 염원도 성취할 수 있잖아요."

백동수가 나섰다.

"충분히 가능한 일입니다. 전하께서 이토록 극찬하신 기술개발은 일찍이 없었습니다. 대부분은 전하께서 먼저 단초를 제공하셨고요. 그러나 이 증기기관차는 처음으로 황태자 전하를 놀라게 한 물건입니다. 그런 기관차를 개발한 당사자라면 당연히 특진이 가능하지요."

방우정의 눈이 붉어졌다.

"대신님."

백동수가 크게 웃었다.

"하하하! 그런 표정으로 나를 보지 말게. 감사를 드려야 할 사람은 내가 아니라 황태자 전하시라네."

방우정이 자세를 바로 했다.

"그렇게만 해 주신다면 소장, 뼈를 갈아 가며 열심히 해 보겠습니다. 그리고 실무를 도와준 김 상사에게도 충분한 포상을 해 주셨으면 하옵니다."

"당연히 그래야지."

황태자가 확인했다.

"자! 그럼 철도부설과 증기기관차 개발에 전력을 기울일 각오는 되었겠지요?"

"물론입니다."

황태자가 황제를 바라봤다.

"아바마마, 방 단장은 대륙군의 공병단을 맡고 있습니다. 그런 능력이라면 충분히 내각에서 본부장의 임무를 잘 수행할 수 있을 것입니다. 하오니 방 단장에게 중임을 맡겨 주셨으면 하옵니다."

황제가 그 자리에서 승인했다.

"알겠다. 중신회의를 거쳐야겠지만, 이 문제만큼은 짐이 특명으로 부서를 신설하겠다."

"황감하옵니다."

황제가 방우정을 바라봤다.

"부디 황태자의 바람을 저버리지 말게."

방우정이 다짐을 했다.

"반드시 최고의 증기기관차를 개발하겠습니다. 그러는 동안 철도도 전 국토에 깔아 나라의 대동맥이 되게 만들겠사옵니다."

황제가 호탕하게 웃었다.

"하하하! 국토의 대동맥이라. 아주 좋은 표현이구나. 그래, 그렇게 하라. 철도로 만든 대동맥이라면 그 무엇으로도 멈추게 하지 못할 것이다."

방우정이 급히 무릎을 꿇었다.

"삼가 황명을 받들어 분골쇄신하겠사옵니다."

이날 황제와 황태자는 바로 옆의 영해성에서 하루를 묵었다. 영해성도 지난 북벌에서 완파되었는데, 말끔히 새 단장이 되어 있었다.

만리장성은 가장 끝이 바다까지 뻗어 있으며, 그 지점을 노룡두라 한다.

황태자가 노룡두를 둘러보고는 등해루(澄海樓)에 올랐다.

"앉으세요."

"황감하옵니다."

방우정이 사은하고서 자리에 앉았다.

그러나 김강석은 주춤거리며 앉지도 서지도 못했다. 그런 그를 황태자가 손짓을 하며 독려했다.

　"괜찮아요. 과인이 허락한 일이니 아무 걱정 말고 자리에 앉으세요."

　"화, 황감하옵니다."

　"김 상사는 군에 오래 근무했나 봅니다."

　김강석이 바로 대답했다.

　"훈련도감 출신이옵니다. 소인의 아버지도 마찬가지였고요."

　"그러면 무과에 응시해 보지 않고요?"

　김강석이 고개를 저었다.

　"그러고 싶었지만 그러지 못했사옵니다."

　"왜요? 무과는 신분 제한을 두지 않아서 응시했어도 되었을 터인데요. 김 상사는 천인 출신이었나요?"

　"아닙니다. 양반은 아니지만 중인이었습니다."

　"그러면 충분히 가능한 일이었을 터인데요."

　"소인도 그러고 싶었습니다. 그러나 훈국 출신의 자제들은 무과 응시를 받아 주지 않는 풍조가 있었습니다. 그런 풍조를 무시하고 응시하면 낙방은 물론이고, 훈국에 근무하는 부친도 위해를 당할 가능성이 높았사옵니다. 그래서 어쩔 수 없이 훈국의 병졸이 될 수밖에 없었습니다."

　"으음! 그런 일이 있었군요."

방우정이 거들었다.

"황태자 전하께서 개혁을 추진하시기 전만 해도 무관들은 문관에 비해 상대적으로 차별을 받아 왔었습니다. 그런 무관들끼리도 안타깝게도 파벌이 횡행했었사옵니다."

"그랬었지요. 아바마마의 즉위 초기에는 구 씨가 병권을 장악하기도 했지요. 그 바람에 나라가 큰 위기에 빠진 적이 있었고요."

"그렇습니다. 그런 폐단은 고관만 있었던 것이 아니었습니다. 무관들의 파벌도 상당히 심했사옵니다. 아울러 출신에 대한 제약도 상당했고요. 그래서 김 상사와 같은 훈국 출신들의 무과 응시도 막아 왔던 것입니다."

"그렇군요. 지금은 어떤가요?"

방우정이 당당히 밝혔다.

"완전히 바뀌었습니다. 파벌은커녕 개인적인 사조직조차 엄금된 지금입니다. 더구나 주요 지휘관들은 황태자 전하를 충심으로 추종하고 있는 상황입니다. 이런 군부 조직에 문제가 있다면 그게 오히려 이상한 일이지요."

김강석 상사도 거들었다.

"사정은 준무관이 더합니다. 저희 준무관 대부분은 사병에서 승진했사옵니다. 그런 저희에게 황태자 전하는 하늘이십니다. 군사학교를 졸업해 임관한 초임들도 황태자 전하를 신봉하는 건 마찬가지이고요."

개혁군주

황태자가 머쓱해했다.

"하하! 참. 그런 말을 들으려고 물었던 것은 아닌데. 어쨌든 군부가 하나라는 말을 들으니 기분은 좋군요."

황태자가 두 사람을 바라봤다.

"과인이 따로 두 사람을 보자고 한 이유를 짐작하고 있을 겁니다."

방우정이 대답했다.

"증기기관차 개발과 철도에 관한 하교를 하시려는 것이 아닌지요."

"그렇습니다. 철도사업이 중요하다는 건 더 말을 하지 않겠어요. 그런데 철도를 제대로 깔기 위해서는 두 가지가 필요합니다. 하나는 철도가 잘 지날 수 있도록 노선을 정비하는 일이지요. 그리고 노선 정비를 위해서는 굴을 뚫는 기술이 개발되어야 합니다. 다행히 그 사안은 건설성과 상무사 건설부가 노력을 하고 있어서 잘 진행되고 있지요."

"소장도 토목공사에 많은 공을 들인다는 말은 들었사옵니다. 특히 본토와 요동을 관통하는 국도 공사에 엄청난 공을 들인다는 사실도요."

"그렇습니다. 시간이 걸렸지만 그런 노력이 점차 성과를 거두고 있지요. 그리고 다른 하나는 다리입니다. 다리는 모든 도로에서 꼭 필요한 구조물이지요. 그런데 기관차가 지나가는 다리는 일반도로처럼 만들면 안 됩니다."

방우정이 바로 이해했다.

"하중을 견디지 못하기 때문이군요."

"그래요. 그래서 철로가 지나는 다리는 철교로 만들어 하중을 분산시켜야 합니다."

방우정이 난색을 보였다.

"전하, 송구하오나 소장과 여기 김 상사는 그런 기술을 보유하고 있지 않사옵니다."

"그래서 두 분을 따로 부른 거예요. 유럽에는 수십 년 전에 이미 철교가 건설되고 있어요. 그런데 그런 철교는 증기기관차가 다니기 어려운 문제가 있지요. 그 문제가 무엇인지 방 단장은 어렵지 않게 짐작하겠지요?"

"혹시 유럽 철교가 주철로 만든 것 아닌지요?"

황태자가 크게 고개를 끄덕였다.

"바로 그거예요. 유럽도 처음에는 모든 강재를 주철로 만들었어요. 그런 철교는 자체 하중도 많이 나갈뿐더러 쉽게 부러지는 단점이 있지요. 그래서 본국은 모든 교량에 연철을 사용할 겁니다. 그리고 유럽도 증기기관차를 만들었다는 사실은 알고 있나요?"

"금시초문입니다."

"유럽에서 공업이 제일 발달한 나라가 어디인지는 아시고요?"

"그거야 증기기관과 방직기를 먼저 만든 영국 아니겠습니까?"

"맞아요. 지금이 태양력으로 1808년인데, 1804년 영국에서 증기기관차 개발에 성공했지요. 영국 기술자가 만든 기관차는 10톤의 화물과 일흔 명의 승객을 싣고 20여 킬로미터를 말의 속도로 달리는 데 성공했어요."

방우정이 크게 실망했다.

"영국이 먼저 개발을 했군요. 소장은 우리가 먼저 개발했는지 알았습니다."

"실망하지 말아요. 성공했다고 했지, 상용화한 건 아니거든요."

방우정이 고개를 갸웃했다.

"혹시 철로가 기관차의 무게를 이기지 못하고 파괴된 것입니까?"

황태자가 크게 고개를 끄덕였다.

"바로 그겁니다. 저들이 증기기관차를 먼저 만들었지만, 상용화에는 실패했지요. 그런데 우리는 이미 연철로 된 철로를 만들었어요. 바로 여기 있는 김 상사의 경험 때문에요."

방우정이 탄성을 터트렸다.

"아! 영국은 절반의 성공이군요. 그리고 우리는 그 나머지를 이룩할 수 있는 상황이고요."

"그래요. 나는 오래전부터 영국의 증기기관차 개발상황을 주시하고 있었지요. 그래서 기회가 되면 기술을 도입하려고 했고요. 그런데 갑자기 두 분이 증기기관차를 만든 거예요. 비록 초기 형태지만 얼마든지 개량이 가능할 정도의 기술도 축적되어 있고요. 그런데 영국의 철도기술자는 실패했어요. 그 바람에 개발 중단은 물론, 빚에 쪼들려 완전히 파산하게 되었지요."

김강석이 모처럼 의견을 냈다.

"황태자 전하, 그러면 그 사람을 우리가 데리고 올 수는 없겠사옵니까?"

"그 사람을 데리고 오자고요?"

"예. 10톤의 화물과 일흔 명의 승객을 수송한 증기기관차를 개발한 사람입니다. 단지 연철을 알지 못해 실패했을 뿐이고요. 그런 기술자를 데리고 온다면 우리의 철도 기술은 비약적으로 발전할 수 있는 토대를 마련하게 되옵니다."

방우정도 적극 동조했다.

"맞는 말입니다. 전하께서는 필요한 기술은 사서라도 도입을 해 오셨습니다. 유럽에서 수많은 기술자도 초빙해 왔고요. 그들이 우리 대한에 와서 이룩한 공헌은 이루 말할 수 없을 정도입니다. 소장은 그 기술자는 물론, 함께 개발에 참여했던 사람들도 모조리 데리고 왔으면 좋겠습니다."

김강석도 바로 동조했다.

"그게 좋겠습니다. 그렇게 되면 철도 기술 유출도 막을 수 있습니다. 그러면 우리 대한은 당분간 최고의 철도 기술을 보유하게 되지 않겠사옵니까."

황태자의 머릿속이 번쩍했다.

"철도 기술을 당분간이라도 독점한다면 우리의 기술은 급속히 서양을 따라잡을 수 있습니다. 알겠습니다. 귀환하는 즉시 어떠한 대가를 치르더라도 그들 전부를 데리고 오도록 하겠습니다."

"저희 요청을 받아 주셔서 감읍하옵니다."

"아니에요. 과인이 생각하지 못한 점을 지적해 주어서 오히려 고맙지요. 그리고 두 사람을 따로 부른 건 이 점을 약속하기 위해서예요."

황태자가 두 사람을 바라봤다. 두 사람은 기대감이 가득한 표정으로 침을 꿀꺽 삼켰다.

"철도 개발만 제대로 완성하세요. 그러면 두 사람을 과인이 반드시 그에 합당한 봉작을 하겠어요."

"아!"

"아직 어떤 작위를 줄지는 장담하지 않으렵니다. 하지만 역사서에 철도가 나오면 두 사람의 이름이 반드시 나오도록 만들어 드리지요. 그리고 그런 두 사람의 이름 앞에는 철도의 아버지와 어머니라는 별칭이 붙도록 할 것이고요."

방우정과 김강석이 그대로 무릎을 꿇었다. 그런 두 사람은 황태자에게 맹세했다.

"우리 두 사람은 증기기관차 개발과 철도부설에 남은 생을 바치겠습니다. 그래서 전토의 어느 곳이라도 철도가 모두 연결될 때까지 절대 긴장의 끈을 놓지 않겠사옵니다."

황태자가 두 사람을 일으켜 앉혔다.

"믿어요. 그리고 철도 건설에 전폭적인 지원을 해 줄 터이니 모든 역량을 다 쏟아부어 보세요. 두 사람의 뒤는 과인이 지켜 주겠습니다."

"명심하겠습니다."

새로운 역사가 탄생하는 순간이었다.

다음 날.

황제는 진황도로 내려왔다.

진황도 항구에는 공사 자재들이 산더미처럼 쌓여 있었다. 그런 진황도 항구에서 여객선에 승선한 황제는 이틀 만에 마포에 도착했다.

마포에는 금군이 대기하고 있었다. 황제는 그들의 엄중한 경호를 받으며 경희궁으로 환궁했다.

한양 궁궐은 새 단장이 한창이었다. 그중 가장 빠르게 공사가 진행되고 있는 궁궐이 경희궁이다.

황제와 함께 경희궁으로 환궁한 황태자는 몇 사람을 동궁으로 불렀다.

개혁군주

그리고 이틀 후.

몇 사람이 동궁에 들렀다.

상무사 대표 오도원과 이제는 재무대신이 된 박종보, 그리고 화란양행 대표였다. 이들 중 황태자는 오랜만에 만난 반가운 사람과 해후했다.

"오! 시몬스 남작이 아니요? 유럽에 머무르고 있는 것으로 알았는데, 언제 돌아온 것이지요?"

시몬스는 황태자가 추진하는 개혁에 많은 공을 세워왔다. 그런 공을 인정한 대한은 외국인 최초로 남작으로 봉작했다.

시몬스가 환하게 웃었다.

"하하하! 10여 일 되었습니다. 제가 돌아와 보니 황태자 전하께서는 황제 폐하를 모시고 목란위장에 올라가셨더군요. 그래서 인사를 드리지 못하고 있었사옵니다."

"그랬군요. 유럽의 상황은 어떤가요?"

시몬스의 안색이 심각해졌다.

"나폴레옹 보나파르트가 프랑스 황제에 즉위한 이후 유럽은 완전히 뒤집혔습니다. 거기다 대륙봉쇄령까지 발효되면서 최악의 상황으로 치닫고 있고요."

"아직은 최악이 아니라는 말이군요."

"프랑스는 나폴레옹의 집권하기 이전부터 영국에게 해상봉쇄를 당한 상황입니다. 그런 상황에서 나폴레옹이 거꾸로 치고 나간 것에 불과하니까요."

"나폴레옹이 결정을 잘못했네요."

"맞습니다. 영국이 해상봉쇄를 했다지만 중립국 선박은 손을 대지 않고 있었습니다. 그걸 나폴레옹이 전면적으로 막으면서, 거꾸로 프랑스가 가장 큰 타격을 입게 되었습니다."

"네덜란드도 상당한 피해를 입게 생겼네요."

"후! 그게 문제입니다. 지금까지 네덜란드는 나폴레옹을 지지해 왔었습니다. 그런 네덜란드 상인들이 대륙봉쇄령에 직격탄을 맞으면서 나폴레옹에게 완전히 등을 돌렸습니다."

"나폴레옹 주변에 책사도 많을 터인데, 왜 그런 자충수를 두게 놔둔 거지요?"

"정치적인 승리에 너무 취해서 그런 거 같습니다. 나폴레옹은 점령국의 왕을 친족이나 지인들을 임명하면서 엄청난 지지를 받고 있습니다. 그런 지지가 나폴레옹의 눈을 멀게 한 거 같습니다."

황태자가 고개를 저었다.

"몰락의 단초가 열렸네요. 대륙봉쇄는 가만두어도 영국이 시도할 일이었어요. 그걸 나폴레옹이 시도하면서 프랑스는 결정적인 위기에 직면하게 될 겁니다. 당장은 영국도 상당한, 아니 막대한 피해가 발생할 겁니다. 그러나 조금만 길게 봐도 프랑스가 가장 큰 피해를 보게 되어 있어요."

"정확히 보셨습니다."

"그런데 우리의 교역도 문제가 되겠네요."

개혁군주

"대행하는 저희가 입항을 못 하니 문제가 됩니다."

"어쩔 수 없이 우회 교역을 해야겠네요."

"아! 오스만을 이용하려는 것이군요."

"그래야지요. 물론 그 전에 프랑스 정부와 협상을 먼저 해야 하겠지만요."

시몬스가 고개를 저었다.

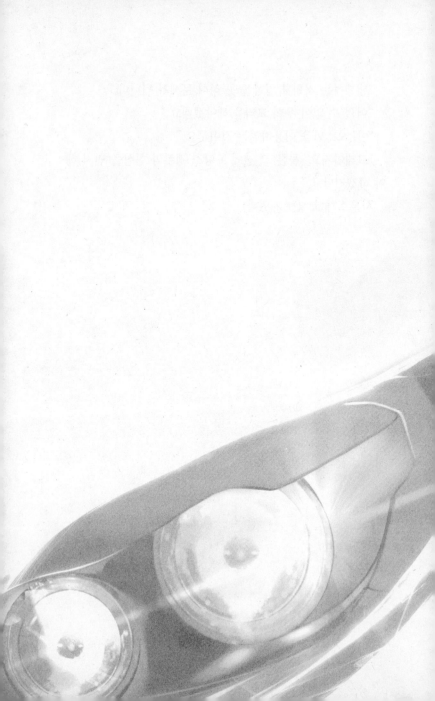

철도보국

시몬스가 단호히 말했다.

"결코 쉽지 않은 일입니다. 미국 상선도 유럽 입항이 전면 금지된 마당입니다. 아무리 나폴레옹이 대한을 좋게 보고 있다고 해도 예외를 둘 수는 없을 것입니다. 그랬다가는 대륙봉쇄령이 유명무실해질 수밖에 없으니까요."

"그러겠지요. 누구도 대륙봉쇄령을 찬성하는 사람은 없을 겁니다. 그러나 지금은 정치 논리가 경제 논리보다 앞서 있는 상황이니, 당분간은 고생해야겠네요."

"각오하고 있습니다. 그런데 어쩐 일로 저를 보자고 하신 겁니까?"

황태자가 증기기관차에 대해 설명했다. 그 말을 들은 시몬스가 크게 놀랐다.

"대단한 발명을 했군요. 몇 년 전 영국에서 그런 시도가 있었습니다. 그래서 전하께 따로 보고를 드렸었지만 끝내 실패했습니다. 그런데 대한이 먼저 성공했을 줄 몰랐습니다. 축하드립니다, 전하."

"고맙습니다. 그래서 그 일과 연관이 되는 부탁을 드리려고 합니다."

"말씀해 보십시오. 제가 도울 수 있는 일이라며 무엇이든 하겠습니다."

"화란양행의 정보에 따르면 그 기술자의 이름이 리처드 트레비식(Richard Trevithick)이라고 하더군요. 그의 시도가 실패하기는 했어요. 그러나 그의 기술을 우리 기술과 접목하면 충분히 상용화가 가능하다고 생각해요."

"전하께서는 리처드 트레비식이라는 기술자를 영입하시려는 거로군요."

"그래요. 정보에 따르면 그는 증기기관차 개발에 실패하는 바람에 파산했다고 하더군요. 사고 당시 인명피해도 발생한 바람에 후원자들도 등을 돌렸고요. 지금 상황으로는 그는 영국에서 재기하기 어려울 거예요. 그러니 그 사람은 물론, 그와 함께 기관차 제작에 참여한 기술자들을 전부 초빙했으면 합니다."

"그런 상황이라면 영입 가능성은 높은데, 영국이 그를 보내 줄까요?"

"보내 줄 겁니다. 물론 대놓고 영입에 나서면 당연히 반대하겠지요. 그동안 우리가 기술자와 과학자들을 대거 영입한 것을 영국 정부가 탐탁지 않게 생각지 않게 생각하고 있으니까요."

"맞습니다. 그래서 걱정입니다."

"그러나 크게 걱정하지 않아도 돼요. 아직은 증기기관차의 효용가치에 대해 모르고 있는 상황입니다. 더구나 실패한 기술이어서 영국 정부가 안다고 해도 별 관심을 두지 않을 거예요."

"알겠습니다. 제가 가지 못하더라도, 우리 직원을 보내서라도 반드시 영입해 오겠습니다."

"그리고 조지 스티븐슨(George Stephenson)이라는 광산기술자도 탐문해서 영입했으면 합니다."

시몬스가 어리둥절해했다.

"광산기술자도 영입하라고요? 제가 알기로 광산 기술은 대한이 어느 나라보다 더 선진적이라고 알고 있는데요."

황태자가 웃었다.

"하하! 광산 기술을 도입하려는 게 아닙니다. 조지 스티븐슨도 리처드 트레비식과 마찬가지로 증기기관차에 관한 연구를 하고 있다고 합니다. 그러니 그 사람도 최고의 조건으로 영입해 주세요. 그의 가족도 당연히 데리고 와야 하고요.”

“그런데 증기기관차가 정말 큰 효용성이 있기는 한 겁니까?”

황태자가 싱긋이 웃었다.

그러고는 자신이 계획하고 있는 계획에 대해 설명했다. 처음에는 미심쩍어하던 주변 사람들도 너무도 원대한 계획에 입을 다물지 못했다.

“아아! 전하의 말씀만 들어도 가슴이 벅찹니다.”

“예. 그만큼 증기기관차는 앞으로 세상을 바꿀 위대한 물건입니다. 그러니 절대 비밀을 유지하면서 영입을 추진해야 합니다.”

시몬스가 다짐했다.

“알겠습니다. 어떠한 일이 있더라도 비밀을 지키면서 일을 추진하겠습니다.”

“감사합니다. 그리고 유럽에서 본국이 청국을 굴복시킨 사건을 어떻게 보고 있던가요?”

시몬스의 목소리가 높아졌다.

“당연히 관심이 폭증해 있습니다. 지금까지 유럽에서 청국은 일개 나라가 쉽게 공략할 수 없는 거대한 나라로 인식되어 왔습니다. 동양의 거인이란 별명도 그래서 나왔고요. 그런 청국을 불과 1년 만에 항복을 받아 낸 대한의 군사력에 대해 하나같이 놀라고 있습니다. 그 바람에 대한의 북미 지역 이주에 대한 관심도 폭증하고 있고요. 아울러 제가 귀국의 남작이 된 사실도 마찬가지고요."

"아! 그래요?"

"예. 특히 폐하께서 저에게 뉴올리언스 주변에 하사해 주신 봉토에 대한 관심도 많습니다."

황태자가 웃었다.

"잘되었네요. 우리나라에 관심이 많으면 그만큼 유능한 기술자와 과학자 영입이 쉬워지겠지요. 북미 이주도 마찬가지일 것이고요."

"그렇습니다. 아마도 나폴레옹전쟁이 어떤 식으로든 끝나면 뉴올리언스 방면의 이주는 곧바로 폭증하게 될 겁니다."

"그러면 소문을 더 내주세요. 우리 대한은 과학이나 기술 발전에 공을 세운 사람에게도 작위를 수여한다고요."

시몬스가 크게 놀랐다.

"놀라운 말씀입니다. 유럽에서도 학자에게 작위를 수여하는 경우는 자주 있었습니다. 그러나 아직 기술자에게 작위를 수여하는 경우는 거의 없었습니다. 그런데 대한이 그런 시도를 한다는 것 자체가 유럽에서는 굉장한 이슈가 될 것입니다."

"예, 이슈가 되라고 드리는 말씀입니다."

"알겠습니다. 전하의 의도대로 적극적인 소문을 내겠습니다. 그래서 온 유럽의 과학자들과 기술자들이 대한의 본토가 아니면 뉴올리언스라도 이주를 하도록 유도하겠습니다."

황태자가 크게 고마워했다.

"하하! 고마운 말씀입니다."

두 사람의 대화가 너무 진지했다.

그래서 끼어들 틈이 없었던 오도원이 드디어 나섰다.

"전하! 소인도 드릴 말씀이 있사옵니다."

"오 대표께서 할 말이 있다고요?"

"그러하옵니다. 그보다 소인을 부르신 연유부터 하교하여 주셨으면 하옵니다."

"그러지요. 오늘 외숙과 오 대표를 부른 까닭은 시몬스 남작과 나눈 대화와 같아요."

황태자가 준비된 지도를 넘겨주었다.

"이 지도에는 앞으로 개설할 철도노선이 표시되어 있습니다. 노선은 우선순위에 맞춰 번호를 매겨 두었으니 알아보시기 어렵지 않을 거예요."

세 사람이 지도를 들여다봤다.

시몬스가 지도를 보고는 깜짝 놀랐다.

"아니, 철도노선을 이렇게나 많이 부설하시옵니까?"

"그래요. 그래서 내가 방금 철도는 국도의 대동맥이라는 표현을 했잖아요."

"이야! 이 정도로 철도를 부설하려면 대체 얼마나 많은 자본과 인력이 투입되어야 합니까?"

"한꺼번에 모든 노선을 부설할 수는 없지요. 그리고 일부

노선은 민간의 참여를 받아 사철(私鐵)로 운용할 겁니다."

오도원의 눈을 빛냈다.

"하오면 우리 상무사도 거기에 맞춰 준비해야겠습니다."

"그래서 오라 한 거예요. 지금까지 상무사는 일방적인 희생만 해 왔습니다. 황도 건설도 그렇고, 국도 공사나 주요 도시건설에도 상무사의 인력이 대거 투입되어 있지요. 그런 인력에 대한 인건비는 전적으로 상무사가 부담해 왔고요. 그러나 이제부터는 경영 방침을 다르게 해야 합니다."

"옳은 말씀이옵니다. 대외무역이 전면적으로 개방된 상황입니다. 그래서 상무사도 과거처럼 막대한 이익을 거두기가 쉽지 않습니다."

"맞아요. 그러나 교역은 되도록 민간에 이관해 주는 것이 좋아요. 상무사의 업무 중 일부는 정부가 관장하는 공사(公社)로 이관해야 할 때가 오기도 했고요."

"그렇지 않아도 석탄이나 제철에 관해서는 공업성과 긴밀한 협의를 하고 있사옵니다."

"잘하고 계시네요. 그렇게 업무를 이관해 주다 보면 상무사의 수익구조가 문제가 될 가능성이 높아요. 그래서 철도부설을 상무사가 자체 사업으로 추진하면 좋겠네요."

오도원의 얼굴이 환해졌다.

"전하께서 그렇게만 배려해 주신다면 상무사로서는 더없이 감읍할 일이옵니다."

"그동안 너무 일방적인 희생을 강요했어요. 국가 개혁을 이끌어야 하는 과인의 처지 때문에 그랬다고는 해도, 이제는 구성원의 사기도 챙겨 줘야 할 때이지요. 그리고 사철은 국가기간산업의 민간 참여를 유도하는 기능도 있어서 적극 추진해 보려고 합니다. 그러니 오 대표가 정부와 협의해서 노선을 정하도록 하세요. 그렇다고 너무 황금 노선만 고집하지는 마시고요."

"물론이옵니다."

"그리고 새로 설립될 광업공사와 협의해 대륙과 북미의 광산개발도 적극 추진하시고요."

"명심하겠사옵니다."

황태자가 박종보를 돌아봤다.

"외숙. 방금 들으신 대로 철도노선 공사를 대대적으로 시작하려고 합니다. 철로 부설은 상당한 예산이 투입되어야 하는데, 문제가 많겠지요?"

박종보가 한숨을 내쉬었다.

"후! 그렇사옵니다. 땅은 넓어졌지만, 아직 세수가 늘어난 것은 아닙니다. 그럼에도 들어가야 할 예산은 엄청나게 늘어났고요. 그런데 다시 철로 부설을 해야 한다니, 솔직히 두렵습니다."

"예, 그래서 대책을 말씀드리려고 해요."

박종보가 큰 관심을 가졌다.

"혜안이라도 있으신 것이옵니까?"

"정부 채권을 발행하세요. 명칭은 '국가부흥채권'이라고 하시고요."

이어서 황태자가 채권발행의 목적과 대상에 대해 설명했다. 그 설명을 들은 모든 사람이 격하게 반응했다.

시몬스가 먼저 나섰다.

"전하! 저는 대한의 신민은 아닙니다. 그러나 국가부흥채권이 발행되면 당장 구매하겠습니다. 그것도 상환 기간이 가장 긴 것을요."

"하하! 고마운 말씀이네요."

"아닙니다. 우리 화란양행은 그동안 귀국의 배려 덕분에 많은 혜택을 받아 왔습니다. 덕분에 유럽에서 손꼽는 회사가 되었습니다. 뉴올리언스를 위탁경영하면서 회사의 신인도는 가히 최상이라고 해도 과언이 아닙니다. 이런 우리가 대한의 부흥채권을 매입하는 건 너무도 당연한 일입니다."

"고마운 일이네요. 그 문제는 채권발행을 결정하고 나서 다시 논의합시다."

"그렇게 하겠습니다."

"외숙. 채권발행 취지를 충분히 백성들에게 알려야 합니다. 그러면 의외로 많은 백성이 매입에 참여할 것입니다. 아바마마께는 제가 말씀드릴 것입니다."

박종보가 굳은 표정을 지었다.

"알겠습니다. 국가 발전을 위한 채권발행이니만큼 철저하게 연구해 보겠습니다."

황태자가 오도원을 바라봤다.

"자! 이제 오 대표가 하고 싶은 말씀을 해 보시지요."

"황태자 전하! 유럽과의 교역이 당분간 차질을 빚을 수밖에 없습니다. 그래서 그 대안으로 일본을 직접 공략했으면 하옵니다."

황태자가 놀랐다.

"일본은 화란양행이 대행하고 있잖아요. 그런데 우리가 직접 공략하겠다니요? 그것은 신의성실에 위배되는 행위입니다."

시몬스가 길게 한숨을 내쉬었다.

"후! 그렇게 된 것은 전부 본국 때문입니다."

속이 탄 그가 찻잔을 단숨에 비웠다.

"본국은 10여 년 전 프랑스의 속국으로 전락했습니다. 그로 인해 네덜란드라는 국명도 쓰지 못하고 바타비아공화국이 되었지요. 그래도 나름대로 자치권을 많이 행사했었습니다. 그런데 지난 1806년 프랑스가 개입해 공화국을 해산하고 홀란드왕국을 선포했습니다. 그러면서 나폴레옹의 셋째 동생을 국왕에 앉혔고요. 그렇게 부임한 국왕이 우리의 일본 교역을 막아 버렸습니다."

황태자는 처음 듣는 말이었다.

"이런! 그런 일이 있었군요. 그러면 다른 업무도 금지한 것입니까?"

"그렇습니다. 우리가 동인도회사를 대행하던 모든 업무를 가져갔습니다. 그 바람에 우리는 이제부터 동양에서 별도로 사업을 벌여야 합니다. 그러면서 경쟁까지 해야 하는 입장이 되었고요."

"안타까운 일이군요. 그래도 화란양행이 직접 교역을 해도 되지 않나요?"

시몬스가 고개를 저었다.

"안타깝게도 그렇게 하지 못합니다. 우리는 앞으로 나가사키에 있는 네덜란드상관을 이용하지 못하게 되었습니다."

"허! 그렇게까지 제약을 주었다고요?"

"우리가 상무사 업무를 대행하면서 많은 이익을 거두는 게 싫었나 봅니다. 그러나 우리는 그동안 일본에 쌓아 놓은 인맥이 상당합니다. 그 인맥을 활용해 귀사를 돕는다면 분명 큰 이익을 거둘 수 있을 것입니다. 하오니 그동안 금수품으로 지정하셨던 품목과 물량도 이 기회에 풀어서 직교역을 추진하십시오."

황태자는 화란양행에 그동안 나가사키를 통한 중개무역을 허락해 왔다. 그러나 초량왜관이 건재한 상황이어서 물량은 물론 일부 물건은 금수품으로 지정해 놓고 있었다.

황태자가 침음했다.

"으음! 그렇게 하려면 초량왜관부터 폐쇄해야겠군요. 대일 외교도 대마도를 빼고서 직접 막부와 상대를 해야 하고요."

오도원이 나섰다.

"전하, 우리에게 초량왜관은 이제 아무 필요가 없습니다. 청국까지 굴복시킨 우리가 대마도를 신경 쓴다는 건 말이 되지 않는 일입니다."

황태자도 인정했다.

"그건 그렇지요."

"지금 당장 초량왜관을 폐쇄한다고 해도 국익에 조금도 문제가 되지 않사옵니다."

"맞습니다. 왜관은 일종의 왜구 방지책의 일환으로 만들어진 것이니까요."

오도원의 목소리가 높아졌다.

"반면에 나가사키를 통한 직교역은 다릅니다. 저희가 직접 나서서 직교역을 시작한다면 그 수익은 실로 막대할 것입니다."

황태자도 이 점을 인정했다.

"그렇게 되겠지요. 금수품을 해제하고 물량을 풀면 엄청난 이익을 얻는 건 자명하지요."

"그렇사옵니다. 그렇게 해서 얻은 이익을 철로 부설공사에 투입하는 겁니다. 그러면 부설사업도 탄력을 받을뿐더러 명분도 함께 얻을 수 있게 되옵니다."

"직교역이 명문과 실리를 함께 얻는 길이다?"

"예, 전하. 전하께서는 언젠가는 임진왜란에 대한 복수와 배상을 받아 내야 한다고 말씀하셨습니다. 그러기 전에 일본과의 직교역으로 막대한 수익을 벌어들인다면 그 또한 일종의 복수가 아닐는지요."

오도원이 생각지도 않은 논리를 전개했다.

그 발언이 황태자의 마음을 그대로 흔들어 놓았다.

"좋습니다. 오 대표의 말씀대로 일본 경제 공략부터 시작합시다."

시몬스도 적극 동조했다.

"경제 공략이라는 표현이 아주 적절합니다. 대한이 보유한 국력과 기술력이라면 일본에 대한 경제 공략의 성공은 불문가지입니다. 저희도 힘껏 돕겠습니다."

황태자가 크게 웃었다.

"하하하! 고마운 말씀이네요."

"그런데, 전하. 일본을 공략하시는데 알아 두셔야 할 일이 있사옵니다."

"시몬스 남작의 조언이라면 언제라도 귀를 열어 두고 있습니다. 그러니 조금도 걱정 말고 말씀해 보시지요."

시몬스가 주의를 주었다.

"제대로 일본을 알고 교역을 시작하라는 말씀을 드리고 싶습니다. 귀국은 일본을 너무 낮게 평가하는 경향이 많습니다. 그러나 일본의 실상은 전혀 다릅니다. 일본은 귀국이 생각하는 이상으로 나라도 크고, 경제도 훨씬 발전해 있사옵니다."

황태자도 인정했다.

"맞는 말입니다. 일본은 우리의 상상보다 훨씬 잘 사는 것이 분명합니다."

"전하께서 아신다니 다행입니다. 일본의 에도막부는 엄청난 재력을 보유하고 있습니다. 영지를 다스리는 수많은 다이묘와 소속 사무라이, 그리고 에도막부에 소속된 5천여 명의 하타모토(旗本)와 상인들의 씀씀이가 엄청납니다."

황태자가 문제점을 꼭 짚었다.

"반면에 일반 백성들은 거의 농노 수준이지요."

시몬스가 놀랐다.

"전하께서 그런 사실도 알고 계시는군요."

"잘은 모르지만 대강은 알고 있습니다. 일본의 천왕은 허수아비이며, 일본 열도가 300여 개의 독립 영지로 나뉘어 있는 정도만 알고 있지요."

시몬스가 머쓱해했다.

"제가 공연한 말씀을 드렸나 봅니다."

"아닙니다. 나는 개괄적인 현황만 알고 있는 정도예요. 방금 하신 시몬스 남작의 조언은 아주 귀중한 정보입니다. 앞으로도 일본에 대한 좋은 조언과 정보를 부탁드립니다."

"최선을 다하겠습니다."

이때부터 모두는 머리를 맞대고 일본과의 교역에 대해 논의했다.

❀

시몬스가 다녀가고 난 뒤, 황태자는 바쁘게 시간을 보냈다.

재무성이 발행할 국가부흥채권에 대해서도 직접 나서서 내각을 설득했다. 일본과의 외교와 교역에 관한 사항도 마찬가지였다.

이전이었다면 왜관 폐쇄에 대한 의견이 분분했을 것이다. 그러나 이제는 황태자의 폐쇄 의견이 나오기 무섭게 만장일치로 통과되었다.

그만큼 내각의 자신감이 달라졌다.

그러나 국채 발행은 달랐다.

국채 발행은 최초였다.

대신들에게 국채 발행은 나라의 어려움을 외부로 드러내는 것으로 비쳤다. 그것도 백성을 상대로 한 발행이어서 우려가 상당히 많았다.

그러나 우려는 기우였다.

국채 발행을 준비하고 홍보하는 데 석 달의 시간이 걸렸다. 이렇듯 짧은 준비 기간은 그동안 닦아 놓은 국도가 큰 역할을 했기에 가능했다.

국채 발행은 시작하자마자 폭발적 반응을 불러일으켰다. 일반 백성들은 물론, 상인과 유력 가문에서 국채를 대거 매입하고 나선 것이다.

그런데 더 놀라운 일이 일어났다.

황태자가 보고를 받으며 놀랐다.

"이게 뭡니까? 대륙의 한족 상인들이 국채를 대량으로 매입하고 있다니요?"

재무대신 박종보가 대답했다.

"북경과 천진 일대는 물론이고 산동의 제남 등지에 본거지를 둔 한족 상인들이 대량으로 국채 매입을 하고 있사옵니다. 저희가 참여를 독려하지도 않아도요. 덕분에 예상 목표액을 훨씬 초과 달성해서 채권이 발행될 듯하옵니다."

"하! 이거 생각지도 않은 반응이군요."

오도원이 의견을 피력했다.

"전하! 아주 좋은 징조입니다. 예로부터 대륙에서는 나라를 세울 때는 반드시 거상(巨商)의 도움을 받았었습니다. 이는 청조(淸朝)도 마찬가지여서, 저들이 북경에 입성한 이후 10여 개 가문이 막대한 자금을 헌납했었습니다. 그 대가로 그 가문들은 지금까지 특혜를 받아 왔고요."

황태자도 알고 있는 사실이었다.

"그러고 보니 우리는 그럴 기회가 없었네요."

"그렇습니다. 우리는 처음부터 한족들을 황하 이남으로 몰아낼 계획을 세웠었습니다. 거기다 황도도 요양으로 천도하여서 한족 상인들이 우리에게 손을 내밀 틈이 없었습니다. 그러다 이번에 국가부흥채권을 발행하게 되었으니, 저들로서는 호기를 맞이한 셈이지요."

박종보도 거들었다.

"저들이 나름의 속셈을 갖고 채권을 대거 매입하고 있는 거 같습니다. 자신들이 우리 정부 시책에 적극 협조하는 태도를 보이면서 무언가 이권을 얻으려고요. 더구나 발행채권은 이자를 붙여 상환하게 되니, 저들로서는 손해 볼 일이 전혀 없는 일이고요."

오도원이 거들었다.

"손해가 아니라 금상첨화이지요."

황태자가 긍정적으로 바라봤다.

"나쁘지 않습니다. 철도와 도로를 대대적으로 건설해야하는 우리로서는 좋은 일이네요. 저들이 불온한 생각을 갖고 채권을 매입했다고 해도 그건 그들의 생각일 뿐입니다."

오도원도 동조했다.

"맞습니다. 채권매매는 정상적인 통치행위일 뿐입니다. 상환기일이 되면 이자를 붙여 상환하면 그만입니다."

황태자가 정리했다.

"외숙! 저들의 채권 매입을 그냥 두세요. 아니, 은근히 독려해도 됩니다. 저들의 의도가 어떠하든 우리만 정확하면 아무 문제가 없으니까요."

"알겠습니다."

오도원이 나섰다.

"전하! 이번에 우리 직원이 화란양행 직원과 함께 나가사키로 넘어갔습니다. 그래서 직교역을 하겠다는 의향서를 나가사키 봉행에게 직접 전달하고 왔사옵니다."

"그래요? 답을 기다리지 않고 돌아왔다고요?"

"본래는 기다리려고 했습니다. 그런데 봉행이 에도막부에서 처분 결정을 내리려면 시간이 걸린다고 했다고 합니다. 그래서 연말에 다시 찾는다는 약속을 하고서 돌아왔습니다."

"그렇군요. 그러면 초량왜관을 폐쇄하도록 조치해야 하는데……."

박종보가 나섰다.

"국방성에 협조 공문을 보내 동래부사에게 병력을 지원하라고 조치하겠습니다."

"그렇게 하세요. 어쨌든 200년을 존속해 온 왜관입니다. 우리의 요청으로 폐쇄되는 상황이니만큼, 저들의 철수에 수군도 지원해 주라고 하세요. 그렇다고 강압적으로 밀어붙이지는 말라 하고요."

"그렇게 하겠습니다."

초량왜관은 1607년 설치되었으며 그 넓이가 10만여 평에 이른다. 본래는 부부가 함께 살게 했으나 지금은 오백 명의 남자만 거주하게 했다.

오도원이 건의했다.

"전하! 우리가 일본과 직교역을 하게 되면 거기서 대일 외교도 전담해야 하지 않겠습니까?"

"당연히 그렇게 되겠지요."

"그러면 우리도 초량왜관처럼 일정 면적을 저들에게서 받아야 하지 않겠습니까?"

황태자가 고개를 저었다.

"아닙니다. 일본이 직교역을 승인하면 막부와 교섭을 해서 아예 땅을 매입하세요."

"저들이 매입에 응하겠습니까?"

"우리는 200년 동안 초량왜관 부지를 무상으로 공여해 왔어요. 그런 우리가 동일한 평수를 무상제공이 아닌 매입을 하겠다고 나선다면 저들도 반대하지 않을 겁니다. 만일 거절한다면 동일 평수를 200년간 무상으로 제공하라고 하세요."

오도원이 감탄했다.

"절묘한 방책입니다. 우리가 그런 주장을 하며 초량왜관과 동일 평수를 매입하겠다고 나서면 저들도 거절할 명분이 없겠습니다. 그렇다고 화란처럼 인공으로 10만 평이나 되는 섬을 만들어 줄 수도 없는 일이니까요. 그리고 나가사키에는 청국 상인들의 거주지가 따로 있었습니다. 그곳을 도진야시키(唐人屋敷)라고 부르는데, 그 부지도 일본이 무상으로 제공했다고 합니다."

황태자가 환하게 웃었다.

"하하! 그런 일도 있었군요. 그렇다면 우리의 매입 요청을 거부하기가 더 어려울 겁니다."

세 사람은 동시에 고개를 끄덕였다. 그런 세 사람 중 누구도 실패라는 단어는 떠올리지 않았다.

나가사키에 부는 바람

　한양에서 이런 대화가 오갈 무렵, 일본의 에도막부도 긴밀한 논의가 오가고 있었다.

　에도막부의 쇼군은 도쿠가와 이에나리(德川家齊)였다.

　그는 본래 쇼군이 될 수 없는 방계였다.

　그러나 그의 부친이 전임 쇼군의 부친과 결탁한 덕분에 쇼군이 될 수 있었다. 그렇게 11대 쇼군이 된 이후 부친과 막부 중신의 섭정을 받았다.

　정권을 잡은 그의 부친은 나름대로 개혁을 펼치며 국정을 쇄신하려 했다. 그러나 통치와 함께 시작된 개혁이 실패로 끝나고 만다.

　다행히 이 시기 일본은 내정이 안정되고 자연재해도 별로 없었다. 그 바람에 막부는 큰 어려움 없이 개혁 실패를 딛고 방만한 경영을 이어 갈 수 있었다.

그러다 의외의 상황이 발생했다. 대한이 대마도를 배제하고 직교역을 하겠다고 통보해 온 것이다.

일본은 나가사키를 통해 대한이 청나라를 굴복시켰다는 사실을 알고 있었다.

그 사실을 접했을 때는 막부가 발칵 뒤집힐 정도로 충격을 받았다. 이들에게 조선은 문화는 우수할지 몰라도 군사력은 약한 나라였다.

그런 조선이 자신들도 어찌할 수 없는 청국을 굴복시켰다고 한다. 그뿐이 아니라 황하 이북과 북방을 포함한 막대한 영토도 얻었다고 한다.

이런 소식이 전해지면서 에도막부는 한동안 긴장 속에서 지내야 했었다. 대한이 과거의 일을 들먹이며 군사 도발을 감행할 수도 있었기 때문이다.

그런데 갑자기 나가사키를 통한 직교역과 직접 외교를 통보해 온 것이다. 막부 조정은 이 통보가 군사 도발의 전조인지에 대해 갑론을박이 있었다.

그럼에도 답은 정해져 있었다.

대마도를 통한 외교와 교역은 조선이 원해서 생겨난 관례였다. 그런 관례를 조선을 이은 대한이 바꾸려 하는 것을 반대할 이유가 없었다.

개혁군주

일본은 이미 상무사가 생산한 각종 공산품을 접하고 있었다. 직교역을 하게 되면 물건은 더 많아질 것이고, 만병통치약으로 소문난 홍삼과 인삼의 구입도 훨씬 쉬워지게 된다.

막부 중신과 다이묘들은 오래전부터 화려함에 중독된 상태다. 대부분 오사카 상인에게 막대한 채무를 지고 있음에도 이들의 지갑은 늘 열려 있었다.

그래서 결론은 의외로 쉽게 났다.

나가사키는 막부 직할령이다.

막부는 열도 곳곳에 20여 개의 막부 직할령을 두고 있었다. 이런 지역을 통치하기 위해 막부는 봉행(奉行)을 파견해 왔다.

나가사키 봉행은 2인제로 돌아가면서 나가사키를 통치한다. 봉행들이 업무를 보는 관청은 봉행소이며, 막부는 주변의 다이묘로 하여금 직할령을 경비하게 했다.

연말.

대한은 약속대로 특사를 나가사키에 파견했다. 이들을 맞이하기 위해 에도막부도 특사를 파견했으며, 봉행소 접견실에서 양측이 만났다.

나가사키 봉행이 먼저 인사했다.

"어서 오십시오. 본관은 나가사키 봉행인 아라이 다카나가(新井隆長)라고 합니다. 그리고 이분은 막부에서 쇼군의 특사로 오신 분들이십니다."

나이 많은 사람이 먼저 나섰다.

"처음 뵙겠습니다. 막부에서 노중(老中)을 맡은 안도 노부나리(安藤信成)라고 합니다."

옆 사내도 몸을 숙였다.

"처음 뵙겠습니다. 막부에서 쇼바요닌(側用人)을 맡은 도다 우지노리(戶田氏教)라고 합니다."

통역관이 막부직책을 설명했다.

"막부 노중은 막부 상신(相臣)으로 보시면 됩니다. 그리고 쇼바요닌은 쇼군의 승지(承旨)격입니다."

막부에서는 나름대로 최고의 인사를 특사로 파견한 것이다.

그런 사실을 확인한 대한의 특사가 몸을 숙였다.

"처음 뵙겠습니다. 저는 대한제국의 황실 직할 무역회사인 상무사의 대표 오도원이라고 합니다."

옆 사람도 인사를 했다.

"처음 뵙겠습니다. 저는 대한제국의 외무성 일본과장 정원용이라고 합니다."

두 사람은 자신을 소개할 때 대한제국이란 명칭을 사용했다. 이러한 조치는 황태자의 지시로 이뤄진 일로, 외교관계를 할 때는 반드시 대한제국이라는 명칭을 사용하게 했다.

안도 노부나리의 눈이 커졌다.

개혁군주

"귀국의 조정에 일본과라는 외무 부서가 따로 있습니까?"

"그렇습니다. 일본은 우리 대한과 가장 가까운 나라 중 하나입니다. 그런 나라를 소홀히 관리할 수는 없는 일이지요."

"아! 그렇군요. 그러면 청국과, 연초에 개국한 송나라도 담당 부서가 있겠군요."

"물론입니다. 과거 본국 내각이 육조 체제일 때도 일본을 담당하는 부서가 별도로 있었습니다. 당연히 역과에도 왜어 역과, 아니, 이제는 일본어과를 별도로 설치했고요."

안도 노부나리가 감사를 표시했다.

"본국의 정식 명칭을 사용해 주셔서 대단히 감사드립니다, 그리고 우리 일본을 높게 평가해 주신 점에 대해 쇼군을 대신해 감사드립니다."

정원용이 능숙하게 말을 받았다.

"별말씀을 다 하십니다. 주변국에 대한 예의 차원에서라도 당연히 그렇게 해야 할 일이었습니다."

"그런데 지금까지의 양국 관계를 새롭게 정리하고 싶다고요?"

"그렇습니다. 지금까지 우리는 귀국의 막부 체제와 천황제에 대해 불편한 감정을 갖고 있었습니다. 그래서 대마도주로 하여금 양국 관계를 중개하게 했었습니다. 그러나 이제는 다릅니다. 본국이 청국을 항복시킨 일을 귀국도 아실 겁니다."

안도 노부나리의 안색이 굳어졌다.

"예. 나가사키를 통해 그 소문을 들었습니다."

"그러시군요. 본국은 청국을 항복시키면서도 종속 관계를 설정하지 않았습니다. 청조의 위신을 생각해 형제지교를 맺었지요. 이는 송나라도 마찬가지입니다."

안도 노부나리가 놀라 반문했다.

"항복시켰는데 종속시키지 않았다고요? 더구나 송나라는 귀국의 절대적인 도움 덕분에 개국한 것으로 압니다. 그런데도 형제지교라니요?"

정원용이 당당히 웃었다.

"하하! 국가 간의 종속 관계는 구시대의 산물입니다. 아무리 나라가 적다고 하더라도 동등하게 예우하자는 것이 본국의 외교 방침입니다."

"아! 그렇습니까?"

"예. 그래서 귀국과의 관계도 새롭게 정리하려는 겁니다. 그리고 나라마다 사정이 다르기에, 귀국의 천황제는 물론 막부 체제도 공식적으로 인정을 할 것입니다."

정원용 과장이 가져온 문서를 내밀었다.

"본국의 외무대신께서 보내신 정식 외교문서입니다. 확인해 보시지요."

안도 노부나리의 눈이 더없이 커졌다. 생각지도 않은 발언이었는지 목소리까지 떨렸다.

"정녕, 본국의 천황제와 막부 체제를 귀국이 인정하신단 말씀입니까?"

정원용이 웃었다.

"하하! 그렇습니다. 그러니 외교문서부터 확인해 보시지요."

"예, 그러지요."

안도 노부나리가 상자를 열었다. 그리고 황금 수실로 묶여 있는 두루마리를 꺼내 읽었다.

"아아! 맞습니다. 귀국의 외무대신 각하께서 대한제국의 외교 방침에 대해 정식으로 알려 오셨습니다."

"그렇습니다. 그러니 이제부터는 귀국의 외교문서에 정확한 명칭을 기록하셔도 됩니다. 귀국의 연호도 마찬가지로 사용하셔도 되고요."

안도 노부나리가 탄성을 터트렸다.

"아아! 놀랍습니다. 양국을 가로막고 있던 먹구름이 단숨에 걷혔습니다. 그런데 저는 더 놀라운 부분을 발견했습니다."

"그게 무엇입니까?"

"귀국은 예와 법도를 중시하는 나라입니다. 그런 귀국이 과거의 일을 대놓고 구태라고 평하실 줄은 몰랐습니다."

정원용이 딱 잘랐다.

"잘못된 부분은 고쳐야지요. 그렇게 해야 양국의 관계가 제대로 설정되지 않겠습니까?"

"옳으신 말씀입니다."

안도 노부나리가 무릎을 꿇었다.

그런 그는 두 손을 다다미에 짚으며 인사했다. 그것을 본 정원용이 황급히 놀라 같이 무릎을 꿇고 맞절을 했다.

"왜 이러시는 겁니까?"

"쇼군을 대신해 감사를 표시하려고 합니다. 귀국의 고명하신 결정에 우리 막부는 더없는 찬사를 보내는 바입니다. 감사합니다."

그가 몇 번이고 머리를 조아렸다.

"아닙니다. 상대국에 대한 예우를 제대로 못 한 책임은 우리에게 있었습니다. 그 점에 대해 저도 사과를 드립니다."

정원용도 정중히 몸을 숙였다.

그 모습을 바라보던 오도원이 크게 웃었다.

"하하하! 너무도 아름다운 장면입니다. 두 분께서 처음부터 이토록 마음이 맞는 것을 보니 이번 회담은 성공할 것이 분명합니다."

"하하하!"

"하하하!"

두 사람도 서로를 바라보며 호탕하게 웃었다. 덕분에 회담은 일사천리로 진행되었다.

그러나 단 하나.

무역관 부지가 걸림돌이 되었다. 무역관 설립은 찬성했으나 10만 평이란 말이 나오자 안도 노부나리가 난색을 표명했다.

"화란이 사용하는 데지마(出島)의 면적이 4천여 평입니다. 그런데 귀국에 어떻게 10만 평을 제공합니까?"

오도원이 분명하게 밝혔다.

"저희는 무상제공을 바라지 않습니다."

안도 노부나리의 눈이 커졌다.

"무상이 아니면 매입이라도 하시겠다는 겁니까?"

"그렇습니다. 귀국과 협의해 부지가 정해지면 정당한 가격을 주고 매입을 하겠습니다."

"아! 그렇습니까?"

"그리고 귀국에서는 10만 평이 넓다고 생각하실 수도 있을 겁니다. 그러나 본국도 대마도에 10만 평을 무상제공했던 전례가 있습니다. 그것도 지금까지 무려 200여 년을요. 물론 직교역이 되면 왜관도 자연스럽게 폐쇄되어야 하겠지만요."

안도 노부나리가 침음했다.

"으음!"

이번에는 정원용이 나섰다.

"우리 외무성은 나가사키에 영사(領事)를 주재시키려고 합니다. 본래는 공사(公使)가 귀국의 수도에 주재해야 하지만 양국의 외교관계상 아직은 무리인 것 같아 그렇게 정했습니다."

"귀국의 외교관을 주재시키겠다는 말씀입니까?"

"그렇습니다. 직교역을 하게 되면 분명 무역량은 폭증하게 됩니다. 본국 신민이 나가사키에 거주하는 경우도 상당히 될 것이고요. 우리 외무성은 그런 본국 사람들을 보호하고 관리할 의무가 있습니다."

"으음! 그렇군요."

정원용이 당당하게 사례를 들었다.

"초량왜관도 오백 명의 대마도 사람들이 거주했었습니다. 그렇게 인력이 거주하고 있어야만 우리와 교역 물량을 처리할 수 있었으니까요."

잠시 고심하던 그가 결정했다.

"좋습니다. 두 분의 말씀대로 대한이 부지를 매입할 명분은 충분합니다. 귀국의 외교관과 국민의 거주도 마찬가지고요. 그러나 그와 같은 사안은 막부 중신들의 협의와 쇼군의 재가가 있어야만 가능합니다. 그러니 그 부분의 결정은 잠시 시간을 주셨으면 합니다."

오도원이 나섰다.

"얼마나 기다려야 합니까? 너무 오랜 시간이 걸리면 본국으로 귀환했다가 돌아오겠습니다."

"급보로 올리면 많은 시간이 걸리지 않습니다. 사안이 중대하니만큼 제가 직접 건의서를 작성해서 막부로 올릴 겁니다. 그렇게 되면 늦어도 20여 일이면 결과가 내려올 것입니다. 그러니 그때까지는 이곳에서 지내도록 하시지요."

개혁군주

"그렇게 하겠습니다."

정원용이 슬쩍 운을 띄웠다.

"우리 외교관과 본국 국민의 신분은 국제관례에 따르면 되겠습니까?"

안도 노부나리는 고개를 갸웃했다.

"국제관례라면, 어떻게 하시겠다는 말씀입니까?"

"외교관은 재판권과 행정권의 적용이 면제됩니다. 공무수행을 위해서는 본국과 자유로운 교신을 할 수 있으며, 여행도 자유롭게 할 수 있습니다. 본국 신민도 외교관에 준하는 신분보장을 받게 될 겁니다. 그렇다고 면책되는 것은 아니고, 죄를 지었다면 본국으로 송환되어 정해진 법률에 따라 처벌을 받게 될 겁니다."

그동안 조용하게 있던 도다 우지노리가 문제를 제기했다.

"그렇게 되면 본국에서 죄를 지어도 처벌을 받지 못하게 되지 않습니까?"

정원용이 강하게 나갔다.

"본국 신민입니다. 죄를 지으면 당연히 본국의 형벌에 따라야지요. 그리고 우리가 파악한 바, 귀국은 재판을 받을 법원이 따로 없는 것으로 알고 있습니다만."

도다 우지노리의 이마에 땀이 뱄다.

"그렇기는 합니다. 그러나……."

정원용이 말을 잘랐다.

"본국은 행정권과 재판권이 완전히 분리되어 있습니다. 그래서 황제 폐하라고 해도 법원에서 열리는 재판에는 관여하지 못하십니다."

일본인들의 눈이 커졌다.

도다 우지노리가 반문했다.

"그게 정녕 사실입니까? 귀국의 황제께서도 재판에 관여를 못 한다고요?"

"그렇습니다. 그래서 재판은 공정하게 진행될 수밖에 없습니다. 반면에 귀국은 어떻습니까? 행정을 책임지는 관리가 재판도 관장하고 있을 겁니다. 그렇지 않나요?"

"그렇기는 합니다."

정원용이 고개를 저었다.

"법은 엄정하게 관장되어야 합니다. 그러기 위해서는 평생을 공부해도 법 규정을 다 알기가 어렵습니다. 그래서 본국의 재판관들은 항상 법률 공부를 하지요. 반면에 행정관리의 능력이 아무리 출중하다고 해도 공정한 재판에는 한계가 있습니다. 정실에 치우칠 가능성이 높고요. 공정한 판결을 위해서라도 재판을 본국에서 하겠다는 겁니다."

막부 특사들이 반발을 못 했다.

물론 그들은 안 된다는 주장을 하고 싶었다. 그러나 정원용이 지적한 대로 일본은 다이묘의 가신들이나 봉행이 재판을 전담하고 있었다.

두 사람은 모두 다이묘다.

그랬기에 자신들의 재판이 문제가 있다는 사실을 잘 알고 있었다. 그렇다고 해서 대한제국의 주장을 무조건 받아들일 수는 없었다.

정원용이 슬쩍 한발 물러섰다.

"결정하기 어려우시다면 이렇게 하시지요?"

"어떻게 말입니까?"

"무역관에 대해서만큼은 치외법권을 인정해 주시지요. 어차피 무역관에 영사관을 두어야 하는 만큼 문제가 되지는 않을 겁니다. 그리고 우리 신민이 무역관을 나갈 때에는 나가사키 봉행께 사전에 통보를 하겠습니다. 그러면 귀국도 큰 부담이 없을 겁니다."

도다 우지노리도 절충안을 제시했다.

"이렇게 하시지요. 무역관이 결정되면 담장을 두르도록 하겠습니다. 거기에 필요한 비용은 우리가 부담하고요. 그리고 외부로 통하는 문을 하나로 만들면 관리하기가 더 좋지 않겠습니까? 그 대신 원활한 교역을 위해 항구와 접한 부분은 담장을 만들지 않겠습니다."

정원용이 흔쾌히 승낙했다.

"좋습니다. 그렇게 합시다."

막부 특사의 표정이 환해졌다.

도다 우지노리가 머리를 숙였다.

"어려운 부탁을 들어주셔서 감사합니다."

"아닙니다. 우리는 귀국과의 우호 친선, 그리고 교역을 위해 나가사키에 무역관과 영사관을 설립하려는 겁니다. 그런 우리가 귀국의 의견을 최대한 들어드리는 것은 너무도 당연한 일이지요."

오도원이 크게 웃었다.

"하하하! 잘되었습니다. 이 정도면 무역관의 부지 매입을 제외하고는 대부분의 안건이 합의를 본 셈이네요."

안도 노부나리가 동조했다.

"예. 협의가 잘 이뤄져서 다행입니다."

오도원이 가져온 상자를 내밀었다.

안도 노부나리가 눈을 빛냈다.

"이게 무엇입니까?"

"저희가 가져온 선물입니다. 미리 드리지 않았던 것은 혹시 뇌물로 비칠까 우려해서입니다. 그런데 이제는 대강의 합의를 봤으니 드려도 될 거 같아서요."

두 사람은 막부 중신들로 나름대로 산전수전을 겪어 왔다. 그랬기에 오도원의 의도를 짐작했으나 적당히 웃으며 넘겼다.

"하하하! 맞습니다. 지금 주시면 절대 뇌물이 아니지요."

"예. 그러니 열어 보시지요. 선물은 그 자리에서 열어 보는 것이 예의라고 합니다."

"아! 그렇습니까?"

안도 노부나리가 조심스럽게 상자를 열었다. 그런 그의 눈이 더없이 커졌다.

"아니, 이게 무엇입니까?"

"노중께서는 우리 상무사가 만든 발화기를 모르십니까?"

"아닙니다. 알고 있습니다."

"발화기를 금으로 만든 것으로, 모두 10개입니다."

안도 노부나리의 얼굴에 탐욕이 이글거렸다.

그러나 그는 탐욕을 꾹 참고 이내 상자를 밀었다.

"이건 받을 수 없습니다."

"하하하! 받으세요. 쇼군께는 따로 준비했습니다. 그리고 동행하신 분과 봉행께도 별도로 선물을 가져왔습니다."

오도원이 차례로 상자 2개를 탁자에 올렸다. 각각의 상자에도 5개씩의 금장발화기가 들어 있었다.

안도 노부나리가 그제야 상자를 받아들였다.

"그러면 주시는 선물이니 감사히 받겠습니다."

"그리고 쇼군께 드리는 발화기는 쇼군 가문의 문양인 세 잎의 접시꽃을 새겼습니다."

안도 노부나리가 놀랐다.

"가문의 문양도 새겨 주실 수 있습니까?"

"물론입니다. 다음에 직교역을 할 때 주문을 하면 문양을 별도로 새겨 드릴 것입니다."

"놀랍군요. 이런 사실을 다이묘들이 알면 주문이 쏟아질 것입니다."

"감사한 말씀이네요."

협상은 이렇듯 원만하게 끝났다.

생각지도 않은 선물을 받은 안도 노부나리는 최선을 다해 보고서를 작성했다. 그리고 상무사의 선물과 함께 지급으로 막부로 보냈다.

정확히 20일 후.

에도막부로 올라갔던 전령이 돌아왔다.

막부는 대한이 그동안의 외교 방침을 철회한 것을 격하게 반겼다. 특히 막부 쇼군을 정식으로 인정한다는 외무성의 공식 문서에 더없이 기뻐했다.

덕분에 대한이 요구한 사항은 그대로 받아들여졌다. 놀랍게도 정원용이 요구했던 치외법권에 대해 조금의 이의도 제기하지 않았다.

오도원은 막부 결정에 감사를 표시했다.

그러고는 나가사키 봉행과 해안을 둘러보며 무역관이 들어설 최적의 부지를 선정했다. 나가사키 봉행의 이러한 친절은 지난 20일 동안 오도원이 그를 구워삶았기 때문에 가능했다.

부지가 결정되자 오도원은 준비한 은화로 토지 대금을 바로 치렀다. 나가사키 봉행은 대금 계산에도 편의를 봐주면서 호의를 베풀었다.

물론 공짜 호의는 아니었다.

부지가 결정되자 배에서 대기하고 있던 기술자들이 하선했다. 하선한 기술자들은 일본인 인부들을 시켜 부지 정리 작업을 시작했다.

나가사키 봉행은 작업이 원활히 진행되도록 수시로 현장을 나와 살폈다. 그러다 부지 작업이 대충 끝나는 것을 확인하고는 주변 다이묘들의 도움을 받아 담장을 쌓았다.

정원용은 나가사키에 머물며 공사가 진행되는 상황을 감독했다. 그러나 업무가 바쁜 오도원은 경계 담장을 쌓는 것을 보고는 귀국했다.

오도원은 곧바로 황태자를 찾았다.

"어서 오세요. 몇 달 동안 고생이 많았습니다."

"아닙니다. 나가사키가 춥지 않아서 몇 달 푹 쉬었다 온 기분입니다. 3월 중순인데도 나가사키는 벌써 벚꽃이 활짝 피었습니다."

"하하! 역시 남쪽은 다르군요."

오도원이 보고서를 제출했다.

"전하, 이 보고서는 그동안의 과정을 일목요연하게 새로 정리한 것입니다."

"고생했습니다."

황태자가 서류를 넘기며 질문했다

"일본이 치외법권을 이렇게 쉽게 인정해 줄 줄은 몰랐습니다. 천황제와 쇼군의 지위를 공인한다는 외무성 공식 문서가 큰 역할을 했겠지요?"

"물론입니다. 정원용 과장이 일본의 법적 체계가 구시대적이라며 강력히 지적한 점도 주효했사옵니다. 황금발화기도 나름대로 상당한 역할을 했고요."

"하하! 그럴 겁니다. 일본은 우리와 달리 과거제도가 없습니다. 그래서 다이묘들이 막부의 중책을 맡고 있지요. 그런 관리들은 인사를 가장한 뇌물에 아주 너그러운 편이고요."

"맞습니다. 막부의 결정이 떨어지자 막부 노중인 안도 노부나리는 노골적으로 뇌물을 요구했을 정도입니다. 그래서 미리 준비해 간 발화기 선물을 추가로 주었사옵니다."

"잘했습니다."

서류를 살피던 황태자가 멈췄다.

"허어! 놀랍네요. 오사카 상인들이 벌써 거래를 제안해 왔다니요."

"저희도 많이 놀랐습니다. 막부 결정이 알려지자마자 오사카 상인들이 대거 나가사키로 내려와 거래를 요청했습니다. 그뿐이 아니라 주변의 다이묘들도 사람을 보내 거래를 요청해 왔고요. 다음 장을 보시면 거래를 요청한 상인과 다이묘 가문의 이름이 나열되어 있을 겁니다."

황태자가 서류를 넘겼다.

"이렇게나 많습니까?"

"그렇습니다. 그리고 안도 노부나리 공의 말에 따르면 에도 상인들도 곧 내려올 거라고 했습니다."

"일본은 오사카 상인이 최고 아닌가요?"

"저도 그런 줄만 알았습니다. 실제로 그렇기도 하고요. 그렇지만 에도 상인들도 오사카 상인에 못지않은 자본을 보유하고 있다고 합니다."

"열도의 상권이 둘로 나뉘었다는 말이군요."

"그러하옵니다. 나가사키 봉행의 조언에 따르면, 일본은 교토를 중심으로 동서로 나뉘었다고 합니다. 그런 두 지역은 상당히 배타적이고요. 성향도 다를 뿐만이 아니라 말도 상당히 달라서 대화가 잘 통하지 않는 경우도 있다고 했습니다."

"으음! 그 정도라고요."

"그리고 더 놀라운 점도 있습니다."

"그게 무엇이지요?"

"다이묘의 영지 백성들은 철저하게 이동이 제한되어 있다고 합니다. 그래서 한 지역에서 다른 지역으로 넘어가려면 신고를 해서 허락을 받아야 하고요. 그런데 그조차도 특별한 경우가 아니면 허가가 나지 않는다고 했사옵니다. 더 놀라운 점은 영지 경계가 철저해서 국경(國境)검문소를 반드시 통과

해야만 이동이 가능하다고 합니다."

이어서 간략하게 열도 정보를 소개했다.

설명과 보고서를 보고 듣던 황태자가 고개를 저었다.

"국경검문소라니요. 이건 아예 다른 나라라고 봐야겠네요."

"그렇사옵니다. 그러다 보니 영지 간의 교류도 거의 없다고 하옵니다. 그 대신 에도에 있는 저택에서 교류를 한다고 했사옵니다."

"흐흠! 그렇군요. 그런 상황을 잘 이용하면 의외로 공략이 쉬울 수 있겠군요."

오도원이 맥을 짚었다.

"우선은 막부와 다이묘들의 돈줄을 최대한 옥죄는 데 노력해야 합니다."

"하하하! 잘 부탁합니다. 전비가 없으면 아무리 막강한 군사력도 허수아비일 뿐이지요."

오도원이 다짐했다.

"전쟁을 치르는 심정으로 일본과의 교역에 임하겠습니다. 지금 같은 분위기라면 열도의 재화가 한동안 나가사키로 몰릴 거 같습니다."

"예, 기대가 많습니다."

황태자가 오도원의 눈을 보며 크게 고개를 끄덕였다.

오도원은 그런 황태자의 믿음을 저버리지 않겠다고 몇 번이고 속으로 다짐했다.

국토 개발의 마중물

몇 개월이 흘렀다.

오도원의 장담대로 일본과의 직교역은 엄청난 이익을 안겨 주었다.

에도막부가 들어선 이래 초기를 제외하면 평화가 이어지고 있었다.

에도막부는 다이묘들의 무력을 극히 경계했다. 특히 정권을 장악한 뒤 머리를 숙인 도자마다이묘(外樣大名)들에 대한 경계심은 철저하고도 집요했다.

에도막부는 철저하게 다이묘를 통제했으며, 가족을 인질로 잡아 두었다. 이렇듯 군사력은 강력하게 통제했지만, 환락은 눈감아 주었다.

이러한 막부 정책이 지속되면서 사무라의 칼은 무뎌졌다. 그 대신 에도막부를 중심으로 한 다이묘들의 사치는 갈수록 심해졌다.

그러던 중 자연재해가 빈번해지면서 막부 재정은 큰 위기를 맞게 된다. 이런 난국을 타개하기 위해 개혁을 시행했으나 거듭해서 실패했다.

그나마 10여 년 전부터 자연재해가 일어나지 않고 있었다. 덕분에 막부 재정이 안정을 찾으면서 다시 방만하게 운영되고 있었다.

이러한 시기에 직교역이 시작되었다.

10여 년의 안정은 막부와 다이묘의 재정을 풍족하게 만들었다. 그런 풍요가 나가사키로 쏟아지면서 직교역량을 폭발적으로 증대시켰다.

상무사가 만든 공산품은 화란양행이 대행할 때도 엄청난 인기를 끌었다. 그럼에도 일부러 물량을 조절해 왔으며, 상당수 물건은 금수까지 했었다.

이러한 조치는 직교역을 대비한 심모원려에서 나왔다. 그러다 직교역과 함께 이러한 제한이 모두 풀리면서 수요도 폭증했다.

쇼군을 비롯한 막부와 막부 중신, 그리고 다이묘들의 구매 수요는 대단했다. 여기에 과소비와 경쟁까지 겹치면서 유럽 교역 전체와 맞먹을 정도로 막대한 수익이 발생했다.

상무사는 수익을 독점하지 않았다.

에도막부와 체결한 조약에는 관세가 책정되어 있지 않았다. 초량왜관의 예를 따라 무관세 협정을 체결했기에 가능한 일이다.

그러나 예상 이상의 거래 수익은 문제였다. 일본 국정을 책임지고 있는 에도막부로서도 이를 끝까지 두고 볼 수는 없는 일이었다.

그래서 상무사는 먼저 나섰다.

두 번째 거래가 있고 난 다음, 오도원은 나가사키 봉행을 찾아갔다. 오도원의 방문에 나가사키 봉행은 봉행소의 입구까지 나와 환대했다.

"어서 오십시오, 대표 각하."

"하하! 그간 잘 지내셨습니까? 봉행님."

"저야 늘 여전하지요."

잠시 후, 봉행소 접견실에 마주 앉았다.

나가사키 봉행이 먼저 입을 열었다.

"오시면서 무역관 공사 현장은 둘러보셨겠지요?"

"물론입니다. 현장감독이 봉행께서 수시로 나와 도움을 주신다는 말을 하더군요. 신경을 써 주셔서 감사합니다."

"아닙니다. 제가 할 일을 했을 뿐입니다. 그보다 담장이 너무 높지는 않은지 걱정입니다."

오도원이 고개를 저었다.

"아닙니다. 막부의 방침이 사람의 키높이 이상 쌓는 것이 었으니 어쩔 수 없지요. 그보다 문을 둘이나 더 만들라고 하셨더군요."

"예. 아무리 생각해도 10만 평에 출입문이 하나는 너무 적은 거 같아서요. 그래서 우리 병력이 경계를 서는 조건으로 모두 3개를 승인해 주었습니다."

"배려해 주셔서 감사합니다."

오도원이 가져온 상자를 탁자에 올렸다.

나가사키 봉행의 눈이 순간 탐욕에 물들었다.

그러나 그는 이내 손을 저었다.

"이러시지 않아도 됩니다."

"아닙니다. 도와주신 후의에 비하면 너무 작은 성의입니다. 그러니 받아 주시면 감사하겠습니다."

"하하! 이거 참."

머쓱한 표정을 지으며 나가사키 봉행이 상자를 열었다.

그런 그의 눈은 더없이 커졌다.

"아니! 이건 귀한 홍삼이 아닙니까?"

"예. 본국에서 제조한 최고급 홍삼입니다. 이 상자에는 1근이 들어 있고, 아랫사람에게 나머지 9근의 홍삼을 전달해 놓았습니다."

10근의 홍삼은 천은 수백 냥의 가치였다.

예상보다 큰 선물에 나가사키 봉행이 얼굴까지 붉혔다.

"감사합니다. 해 드린 것도 별로 없는데 너무 과한 선물을 받았습니다."

"아닙니다. 큰 도움을 받고 있습니다. 홍삼은 혼자 다 드시기 힘들면 요긴한 데 사용하세요."

적당히 뇌물로 쓰라는 의미였다.

나가사키 봉행이 바로 알아듣고서 몸을 숙였다.

"신경 써 주셔서 감사합니다."

"오늘 제가 찾아뵌 건 다른 이유가 있어서입니다."

귀한 선물을 받은 탓에 나가사키 봉행은 눈까지 빛냈다.

"말씀하십시오. 제가 도울 수 있는 거라면 무조건 도와드리지요."

"아시겠지만 양국의 교역량이 너무 많습니다."

봉행의 안색이 급격히 어두워졌다.

"하아! 솔직히 그 문제로 막부가 조금 시끄럽기는 합니다."

"그럴 줄 알았습니다. 그래서 우리 상무사는 양국의 우호 증진을 위해 결단을 내렸습니다."

"결단이라고요?"

"모든 수익을 독식하지 않겠다는 말입니다."

나가사키 봉행이 고개를 갸웃했다.

"독식하지 않겠다니? 어떻게 말입니까?"

"양국이 무관세 협정을 체결한 것은 초량왜관의 경우를 따랐기 때문입니다. 그러나 그런 편의를 우리 상무사는 더 이상 지속하지 않을 생각입니다. 그래서 앞으로는 교역 물량의 1할에 해당하는 대금을 관세로 지급하려고 합니다. 에도막부가 필요하다면 대물로도 지급하겠습니다."

나가사키 봉행이 깜짝 놀랐다.

"그게 정말입니까? 혹시 거래 물량이 어느 정도인지 모르고 하시는 말씀은 아니지요?"

오도원이 크게 웃었다.

"하하하! 당연히 알고 있으니 이런 제안을 드리는 겁니다. 다시 말씀드리지만 우리는 양국의 우호 증진을 위해 결단을 내렸다는 사실입니다. 그러니 봉행께서는 이러한 우리의 선의를 막부에 잘 전달해 주셨으면 합니다."

나가사키 봉행이 잠시 말을 못 했다.

"……참으로 놀라운 결단입니다. 솔직히 예상외의 폭발적인 거래량 때문에 막부 조정이 지금 술렁이고 있사옵니다. 그렇다고 제재를 가하는 것도 막부의 위신 때문에 할 수 있지도 않고요. 무관세 협정은 우리가 먼저 초량왜관에서 먼저 혜택을 본 사안입니다. 더구나 쇼군께서 직접 승인한 사항이어서 더 문제이고요. 그런데 귀국이 먼저 이런 결단을 내려 주실 줄은 몰랐습니다."

"과거였다면 당장의 실익을 생각해 모른 척할 수도 있습니다. 그러나 양국의 우호 증진을 위해서라도 소탐대실할 수는 없지요."

나가사키 봉행이 감탄했다.

"역시 대한은 대국이 되었군요. 이렇듯 넓은 포용력을 갖고 있으니 청국을 굴복시킬 수 있었습니다. 과연 대단하십니다."

"하하! 감사합니다. 우리가 세금을 납부하면 전부 막부 재정으로 충당되지요?"

오도원은 이미 알고 있는 사실을 강조했다.

나가사키 봉행은 크게 고개를 끄덕였다.

"물론입니다. 관세는 분명 막부 재정에 상당한 도움이 될 것입니다."

그의 목소리가 은근히 낮아졌다.

"이건 비밀 사항인데, 막부는 다이묘들의 재정이 어려운 것이 좋습니다. 그래야 군사력 확대 등의 쓸데없는 야욕을 부릴 수 없으니까요."

오도원은 노골적인 봉행의 말에 놀랐다. 그러면서 은근히 그의 신분을 대놓고 확인했다.

"봉행께서는 하타모토(旗本)이신가 봅니다. 그러니 이런 말씀을 하시는 것이고요."

봉행이 부인하지 않았다.

"맞습니다. 우리 집안은 대대로 쇼군을 모셔 왔습니다. 그런 우리에게 충성하지 않으려는 다이묘들은 적이나 다름없습니다."

오도원이 손을 저었다.

"적이라니요. 말씀이 과하십니다."

나가사키 봉행도 헛웃음으로 얼버무렸다.

"하하하! 그냥 농담으로 한 말이니 염두에 두지 마십시오. 어쨌든 상무사의 결단에 쇼군께서는 진정으로 기뻐하실 것입니다."

오도원이 서류를 내밀었다.

"거기에 따른 본국 외무성의 문서입니다."

"감사합니다. 최대한 빨리 막부로 올려 승인을 받아 내겠습니다."

"그렇게 하시지요. 저는 그동안 무역관에 머무르고 있겠습니다."

"대한의 무역관 관사가 제대로 마무리되지 않은 것으로 압니다. 그러니 봉행소의 영빈관에 머무르시지요."

"괜찮습니다. 정원용 과장과도 협의할 일이 많아서 함께 있는 게 좋습니다."

"알겠습니다."

나가사키 봉행의 장담대로 상무사의 선제 조치는 막부의 큰 환영을 받았다.

상무사가 먼저 숙이고 들어갔다는 명분도 있지만, 관세로 얻는 실익도 대단했다. 10% 관세는 그 자체로도 막대했다.

개혁군주

이런 선제 조치로 대일 교역은 더 순풍을 받게 되었다.

이런 와중에 또 하나의 희소식이 있었다.

대륙봉쇄령으로 유럽 수출이 막혔었는데, 우회경로가 뚫린 것이다. 화란양행의 노력으로 오스만 상인들과의 중개무역이 성사되었다.

물론 이전보다 물량이 줄어들기는 했다. 그럼에도 새로운 활로가 열리면서 교역은 다시 활기를 찾기 시작했다.

❀

그러던 9월.

기다리던 손님이 여의도를 찾았다. 황태자가 먼 길을 마다 않고 찾아온 이들을 더없이 반겼다.

"어서들 오시오. 먼 길을 오시느라 고생들이 많았습니다. 과인은 대한제국의 황태자입니다."

손님들은 황태자의 능숙한 영어에 놀랐다. 그러면서 생각지도 않은 환대에는 크게 당황해했다.

옆에 있던 시몬스가 웃으며 나섰다.

"하하하! 여러분을 초빙한 분이 바로 황태자 전하십니다. 그러니 너무 불안해하지 않아도 됩니다."

한 사람이 쭈뼛거리며 나섰다.

"환대해 주셔서 감사합니다. 저는 리처드 트레비식으로,

증기기관차를 만든 기술자입니다."

"처음 뵙겠습니다. 저는 광산기계를 연구하고 있는 조지 스티븐슨이라고 합니다."

이어서 몇 사람이 자신을 소개했다.

그들의 인사가 끝나자 황태자가 다시 말을 이었다.

"여러분을 초대한 까닭은 오직 하나입니다. 그건 바로 여러분이 만든 증기기관차입니다."

리처드 트레비식과 몇 명의 기술자들은 크게 고개를 끄덕였다. 이들은 초대 이유가 자신들이 만든 증기기관차 때문이란 사실을 알고 있었다.

그러나 그렇지 않은 사람도 있었다. 조지 스티븐슨이 당황한 표정으로 조심스럽게 나섰다.

"죄송하지만 저는 증기기관차를 만든 기술자가 아닙니다. 제가 연구하고 있는 것은 증기기관을 활용한 광산기계인데, 혹시 잘못 초빙한 것은 아닌지요?"

황태자가 고개를 저었다.

"그렇지 않아요. 우리 대한은 지금 전국 곳곳에서 수많은 광산을 개발하고 있지요. 그래서 그대가 만든 광산기계도 필요합니다. 그리고 나는 그대가 증기기관차를 개량하는 작업에 참여하였으면 해서 초빙을 한 겁니다."

조지 스티븐슨이 큰 관심을 보였다.

"제가 증기기관차 개량 작업에 참여해도 됩니까?"

"물론입니다. 여러분은 영국에서와 달리 경쟁할 필요가 없습니다. 우리 대한은 두 분과 두 분이 거느리고 있는 기술자들에게 충분한 예우를 해 줄 겁니다. 그러니 서로 합심해서 기술을 개발하도록 하세요."

"감사합니다. 기회가 주어지면 반드시 그렇게 하겠습니다."

리처드 트레비식이 나섰다.

"황태자 전하, 그런데 시몬스 남작 각하의 말씀에 따르면 대한도 증기기관차를 개발했다고 하던데, 그 말이 사실입니까?"

"그렇습니다. 지난해 우리 대한도 증기기관차를 개발했지요."

리처드 트레비식이 아쉬워했다.

"아! 그랬군요. 그런데 왜 저와 제 동료를 초대하신 겁니까?"

"우리 대한은 과학자를 우대합니다. 아울러 기술자들도 마찬가지고요. 나는 증기기관차가 장차 산업 발전에 얼마나 큰 영향력을 갖게 될지도 잘 알고 있지요. 그래서 그대가 만든 증기기관차에도 관심이 많아서 초대를 하려 했는데, 문제가 발생했더군요."

리처드 트레비식이 씁쓸해했다.

"예, 맞습니다. 제가 만들었던 최초의 증기기관차인 페니다랜(Penydarren)호와 이번에 만든 캐치미후캔(Catch Me Who Can)호 모두 철로가 무게를 이기지 못하고 부서지는 바람에 기관차가 전복하거나 탈선했습니다."

황태자가 놀랐다.

"오! 두 번째 기관차도 만들었군요. 과인은 첫 실패로 파산했다고 들었는데요."

리처드 트레비식이 놀랐다.

"제가 파산한 사실을 아십니까?"

"그렇습니다. 그만큼 과인은 증기기관차에 관심이 많지요."

"그랬군요. 첫 기관차 개발이 실패하며 파산한 것은 맞습니다. 사상자가 난 바람에 재기도 쉽지 않았고요. 그러나 다행히 한 투자자의 도움으로 두 번째 기관차개발에 성공했습니다. 속도도 처음의 10여 킬로미터에서 20여 킬로미터로 늘릴 수 있었고요."

"기술 보완이 많이 되었군요."

"그렇습니다. 그런데 아쉽게 또 실패였습니다. 처음과 같이 육중한 기관차의 무게를 철로가 견뎌 내지 못하면서 탈선을 했습니다. 다행히 두 번째는 인명피해가 없었으나 그걸로 끝이 났습니다."

"연이은 실패에 누구도 투자하지 않으려 했군요."

"그렇습니다. 그래서 새로운 활로를 모색하기 위해 아르헨티나로 이민을 가야 하나 고심하고 있었습니다. 그렇지 않으면 생계를 위해 기관차를 놀이 시설로 만들어야 했으니까요."

"유원지에다 타는 시설로 개조하려 했었군요."

리처드 트레비식이 한숨을 내쉬었다.

"후! 그렇게 하는 것이 그나마 살길이었으니까요. 그런 차에 여기 계신 시몬스 남작이 저를 찾아왔습니다. 자신과 함께 동양의 대국인 대한으로 가자고요."

"우리나라에 대한 소식은 들었습니까?"

"물론입니다. 더 타임스(The Times)에 대서특필이 된 적이 있었습니다. 귀국이 청국과의 전쟁에서 승리해서 새로운 동양 최강국이 되었다고요."

"더 타임스에 우리나라 소식이 실렸었군요."

"그렇습니다. 그것도 1면에 며칠 동안 게재되었었습니다."

조지 스티븐슨도 가세했다.

"제가 사는 리버풀에서도 한동안 귀국에 대한 소문이 많았습니다."

"그래요?"

"예. 우리 영국에서 청나라는 인도보다 큰 나라라고 알려져 있습니다. 그런 청나라를 굴복시키면서 엄청난 영토를 획득한 한국이 어떤 나라인지 많들이 궁금해하고 있습니다."

시몬스가 아쉬워했다.

"당시 유럽 전체에 대한을 향한 관심이 폭증했었습니다. 그러면서 상무사의 공산품에 대한 수요도 대폭 늘었고요. 아마도 나폴레옹이 대륙봉쇄령을 발효하지만 않았어도 그 분위기를 그대로 이어 나갔을 겁니다."

"어쩔 수 없는 일이지요."

리처드 트레비식이 궁금해했다.

"그런데 귀국은 철로 공사를 먼저 시작했다고 하던데요. 그 말이 정녕 사실입니까?"

"그렇습니다. 우리는 증기기관차를 발명한 것을 계기로 전 국토에 철도노선을 부설하는 중입니다."

리처드 트레비식이 고개를 저었다.

"이해할 수가 없습니다. 증기기관차를 완전히 만들지도 않고 어떻게 노선부터 깔 수 있지요? 그리고 그 철로가 중량을 이기지 못하면 어떻게 하시려고요?"

황태자가 웃었다.

"하하하! 그런 준비도 없이 어떻게 대역사를 시작했겠습니까?"

리처드 트레비식의 눈이 더없이 커졌다. 그는 떨리는 목소리로 조심스럽게 반문했다.

"철로 문제 해결책을 찾아내신 겁니까?"

"아닙니다. 찾지 않았어요. 우리는 처음부터 그대의 방식으로 철로를 만들지 않았습니다."

"그, 그렇다면 대안이 벌써 있었다는 말이군요."

"그렇습니다."

리처드 트레비식이 고개를 저었다.

"믿을 수가 없습니다. 제철 기술은 우리 영국이 세계 최고입니다. 그런 영국에서도 실패한 철길을 귀국에서 만들 수 있다니요."

황태자가 분명하게 짚었다.

"영국이 세계 최초로 대형 용광로를 만든 것은 분명한 사실입니다. 그렇다고 해서 제철 기술도 세계 최고라는 말은 아닙니다."

조지 스티븐슨이 나섰다.

"그렇다면 귀국의 제철 기술이 영국을 능가한다는 말입니까?"

황태자가 즉답하지 않았다. 그 대신 지금까지의 제철 기술 도입 과정을 적당히 설명했다.

"우리 대한이 대규모 제철 기술을 확보하게 된 건 전적으로 화란양행 덕분입니다. 그렇게 도입된 제철 기술을 우리는 지속적으로 연구, 발전시켜 왔습니다. 그런 노력 덕분에 영국이 아직 개발하지 못한 제강 기술을 확보하게 되었지요. 철로는 그렇게 확보된 기술력으로 만든 것이고요."

조지 스티븐슨이 탄성을 터트렸다.

"아아! 놀라운 일입니다. 동양 국가가 우리 영국보다 앞선 기술을 갖고 있을 줄 몰랐습니다."

리처드 트레비식이 고개를 갸웃했다.

"그런 기술을 보유한 대한이 왜 우리를 초빙한 겁니까? 황태자 전하의 말씀대로라면 자체 개발을 해도 충분할 거 같은

데요."

"우리나라 속담에 백지장도 맞들면 낫다는 말이 있습니다. 기술이 진보하기 위해서는 혼자보다 집단지성이 훨씬 더 유리합니다. 나는 그대들의 기술력을 아주 높게 봅니다. 그러나 영국에서 여러분의 기술력이 꽃을 피우려면 적어도 이삼십 년의 시간이 필요할 겁니다."

리처드 트레비식이 인정했다.

"전하의 지적이 맞습니다. 안타깝지만 우리 영국은 제가 만든 증기기관차의 가치를 너무도 모르고 있습니다."

"여기서 마음껏 연구하세요. 여러분들이 증기기관차를 연구, 발전할 수 있도록 연구소까지 설립해 두었습니다. 아울러 정부 내각에는 철도 부서가 별도로 운용되고 있고요. 기술에는 국경이 없습니다. 그러니 지금까지 받은 설움은 떨쳐버리시고 여기서 날개를 활짝 펼치세요."

"아아!"

조지 스티븐슨도 가세했다.

"저도 그 연구소에 소속되는 겁니까?"

"그렇습니다. 두 분에게는 충분한 급여와 사택이 지급될 겁니다. 그리고 전폭적인 지원도 뒤따를 것이고요. 그러니 아무 걱정 말고 오로지 증기기관차의 개량과 발전에만 힘을 쏟으세요."

리처드 트레비식이 다짐했다.

"저를 믿어 주셔서 감사합니다. 앞으로 모든 역량을 집중해 최고의 증기기관차를 만들어 보겠습니다."

조지 스티븐슨도 다짐했다.

"저도 제가 할 수 있는 모든 노력을 기울여 보겠습니다."

"고맙습니다. 나는 여러분이 분명 최고의 증기기관차를 만들 것을 믿어 의심치 않습니다."

황태자는 철도개발본부장이 된 방우정을 불렀다.

방우정은 두 사람이 철도 전문가라는 사실에 크게 기뻐했다.

리처드 트레비식은 방우정과 함께 용산 부근의 철도부설 현장을 찾았다. 철도 공사가 진행되는 과정을 본 그는 크게 놀랐다.

"놀라운 방식이군요. 기관차를 직접 운행해 가면서 철도를 부설하다니요."

"두 번 일하지 않기 위함입니다. 이렇게 해야 철로가 제대로 부설되었는지를 그 자리에서 확인할 수 있으니까요."

리처드 트레비식이 감탄했다.

"아아! 이거였구나. 이런 식으로 공사하니 황태자 전하께서 철도부설을 자신하셨구나. 그런데 저 증기기관차는 속도가 얼마나 나지요?"

"아직은 초기여서 10킬로미터 정도입니다."

트레비식이 기뻐했다.

"그 정도라면 제가 좀 더 연구해서 30킬로미터 이상의 속도를 내게 만들 수 있을 겁니다."

방우정이 환하게 웃었다.

"하하하! 그렇다면 더 바랄 게 없지요."

두 사람은 서로를 보며 환하게 웃었다.

리처드 트레비식과 조지 스티븐슨이 합류하면서 철도 기술은 눈부시게 발전했다. 리처드 트레비식은 자신의 장담대로 시속 30킬로미터의 증기기관차를 1년도 되지 않아 개발해 냈다.

개발된 증기기관차는 곧바로 철도가 개설된 노선에 투입되었다. 그러나 황태자는 여기에 만족하지 않았다.

"증기기관차가 완전히 상용화되려면 적어도 시속이 50킬로미터는 나와야 합니다. 20량 정도의 화차와 객차를 수송할 정도의 추진력도 갖춰야 하고요. 모두 합심해서 그런 증기기관차를 만들어 주세요. 그래서 천도할 때 황제 폐하께서 황실 전용 열차를 타고 요양에 입성했으면 합니다."

리처드 트레비식이 다짐했다.

"예, 알겠습니다. 모든 기술자가 잠을 자지 못하는 한이 있더라도 반드시 개발해 성공하겠습니다."

황태자도 약속했다.

"감사합니다. 나도 최선을 다해 경경선 노선의 철교를 완성하도록 배전의 노력을 기울이지요. 그래서 요양으로 천도

하는 날 황제 폐하를 모시고 본토를 관통하겠습니다."

경경선은 한양에서 요양까지 철로를 말한다.

리처드 트레비식이 크게 놀랐다.

"전하! 정녕 압록강이나 청천강 같은 넓은 강도 철교 부설이 가능합니까?"

"그렇습니다. 이미 경경선에 부설될 철교의 교각 공사는 끝나 있는 상황입니다. 그래서 이제부터는 철강으로 된 상판만 부설하면 됩니다. 다행히 철교에 사용될 강제도 대량으로 생산해 놓고 있어서 철교 부설은 시간이 문제일 뿐입니다."

리처드 트레비식이 고개를 저었다.

"하아! 대한의 공업 기술은 놀라울 따름입니다. 눈 깜빡하면 새로운 기술이 쏟아지고, 눈 깜빡하면 없던 길과 터널이 생깁니다. 그런데 이제는 거대한 철교라니요. 유럽에도 철교는 몇 개 없습니다. 그조차도 몇십 미터에 불과하고요. 대한이 이런 속도로 기술을 발전시키면 우리 영국을 따라잡는 것은 시간문제겠습니다."

황태자가 싱긋이 웃었다.

"어려운 일이 아닐 겁니다. 그렇다고 쉬운 일도 아니지만, 그러나 이제부터는 영국보다 앞선 기술도 속속 나타날 겁니다. 리처드가 만들고 있는 증기기관차만 해도 영국에는 없는 물건이잖아요?"

"그렇기는 합니다."

황태자가 자신했다.

"우리 대한의 영토는 광활합니다. 인구도 폭발적으로 늘어나고 있고요. 지금의 추세라면 금세기 중반 이전에 공업 기술 발전을 우리가 주도할 수 있을 겁니다."

리처드 트레비식도 인정했다.

"인정합니다. 귀국의 이런 발전 속도라면 그렇게 될 가능성이 높을 것입니다."

"하하! 그러니 증기기관차의 개발에 더 집중해 주세요."

"알겠습니다."

증기기관차는 국토개발의 마중물과 같다.

황태자가 철도보국을 선포하면서 시작된 철로 건설은 시작 초기 많은 우려가 있었다.

아직 제대로 된 증기기관차도 만들어진 것이 아니었다. 그런 상황에서 철로부터 깔겠다고 황태자가 나섰으니 당연히 문제가 될 수밖에 없었다.

그런데 황태자는 절묘한 방안으로 이런 문제를 단번에 불식시켰다. 그 방안은 바로 철도노선에 대한 민간 참여를 허용한 것이었다.

공사는 정부와 상무사가 한다.

그 대신 투자자들은 철도회사를 만들기만 하면 된다. 그러고는 철도개발본부와 노선 협상과 투자 금액을 결정한다.

이러한 투자 방침 덕분에 대한의 유력 가문과 부호들이 대거 참여했다. 이렇게 된 데에는 황태자의 투자 원금에 대한 보장도 결정적 역할을 했다.

증기기관차를 개발하면서 다양한 기술들이 새로 만들어졌다. 그렇게 만들어진 기술은 산업 발전에 원동력이 되었다.

전국에 걸쳐 진행되는 철도 공사는 도로 공사 속도를 가속했다.

기존에는 도로와 철도선로가 함께 시공되었으나 주력은 도로였다. 그러다 일본의 교역 수익과 사철이 만들어지면서 철로 공사가 빠르게 진행되었다. 그 바람에 국도와 철도는 하루가 다르게 사방으로 뻗어 나갔다.

그리고 2년의 시간이 흘렀다.

황도 요앙

상선이 머리를 조아렸다.

"폐하! 거둥하실 준비가 끝났다는 내각의 전언이옵니다. 아뢰옵기 송구하오나 이제는 채비를 갖추셔야 할 때이옵니다."

목란위장에서 돌아온 황제는 지금까지 대부분의 시간을 경희궁에서 보냈다.

황제에게 경희궁은 남다른 사연이 많은 궁궐이었다.

선황제인 영조와 아들인 장조(莊祖)는 사이가 좋지 않았다. 그 틈을 노리고 중신들과 일부 왕실 내명부는 세자의 아들인 원손까지 모해하려고 온갖 방법을 꾸몄다.

영조는 이런 원손을 보호하기 위해 세손으로 책봉하면서 경희궁으로 데려왔다. 이후 세손은 영조의 보호 아래 경희궁에서 자랐다.

그러나 세손에게는 적이 많았다.

늘 암살에 시달려야 했으며, 밤에도 책을 보며 거의 밤을 지새워야 했다. 그렇게 밤을 지새우다 결정적으로 암살의 위기를 벗어나기도 했다.

그렇게 밤을 지새우던 곳이 존현각이다.

황제는 이때의 심정을 매일 기록했는데, 그것이 《존현각 일기(尊賢閣日記)》다. 이 일기가 계승 발전되어 공식 기록화되면서 《일성록(日省錄)》이 되었다.

황제는 다행히 간난신고를 이겨 내고 즉위했으니, 경희궁 숭정문(崇政門)에서였다. 이런 인연 때문인지 황제는 즉위 후에도 수시로 경희궁을 찾았다.

황태자도 황제를 위해 가장 먼저 경희궁을 황궁으로 조성했었다. 덕분에 황제는 그동안 경희궁에서 정무를 보고 있었다.

경희궁의 편전은 자정전(資政殿)이다.

그러나 황제는 세손 시절 자주 사용하던 존현각과 가까운 흥정당(興政堂)을 주로 사용했다.

조선의 군주는 만기를 친람한다.

이를 위해 이른 새벽부터 늦은 밤까지 정무에 파묻혀 살아야 한다. 그래서 많은 국왕이 과로로 단명하거나 온갖 병마에 시달려야 했다.

황제도 처음에는 다르지 않았다.

더욱이 친위 세력이 약했기에 더더욱 정무에 매달릴 수밖에 없었다. 그로 인해 잦은 병마에 시달렸으며, 암살의 위협 때문에 스스로 의학을 공부해야 했었다.

그러다 개혁이 시작되면서 달라졌다.

황태자의 권유에 따라 국정 권한을 내각에 이양했다. 거기에 재판권을 법원에 완전히 넘기면서 정무의 큰 부분이 덜어졌으나 근본적으로 달라지지는 않았다.

그런데 이번에 완전히 달라졌다.

칭제건원하면서 내각이 면모를 일신했다. 수상을 필두로 10개가 넘는 부서로 재편되었다.

방만했던 아문이 내각의 직할 부서로 통폐합되었다. 관리들의 책임과 권한의 범위도 명료해졌다.

감사원도 신설되었다.

이전의 삼사(三司)는 간관(諫官)의 역할에 주안점을 두었었다. 만기친람하는 국왕의 전횡을 막겠다는 명분이 있었기 때문이다.

삼사는 국왕의 절대 권력을 견제하는 순기능도 분명 있었다. 그러나 본래의 취지를 넘는 월권을 수시로 행하면서 많은 문제를 일으켜 왔다.

그러나 이제는 달라졌다.

국정 업무가 내각으로 대폭 이관되었다. 아울러 관리들의 권한도 거기에 맞게 증대되었다. 이런 관리들의 직무 감찰과 부정부패 단속을 위해 감사원이 설립됐다.

감사 대상이 완전히 바뀐 것이다.

인사를 빙자한 뇌물은 근절되었다.

관리들은 조그만 비리도 이제는 자유스럽지 못했다. 부정
부패에 대한 처벌이 과거와는 비교할 수 없을 정도로 강화되
었기 때문이다.

자정 능력도 대폭 향상되었다.

이렇듯 비리 근절이 자리를 잡을 수 있었던 것은 황태자의
부단한 노력 덕분이다.

황태자는 상무사의 이익을 투입해 관리들의 급여를 먼저
현실화해 주었다.

부정부패를 죄악으로 단정했다.

정부 조직 개편도 비리 근절에 큰 영향을 주었다.

내각부서가 대폭 늘어나며 자리가 많아졌다. 그로 인해 자
리를 놓고 벌이는 암투가 거의 사라졌다.

이러한 환경 변화와 복지 정책 추진 등이 쌓이면서 관리들
의 사고 자체가 근본적으로 바뀌었다.

그래서 황제도 정무를 내각에 대폭 위임할 수 있었다. 내
각도 업무 결정 권한이 강화되면서 개혁을 더한층 배가할 수
있게 되었다.

선순환의 고리가 형성된 것이다.

덕분에 황제의 정무 강도가 이전과 비교할 수 없을 정도로

약해졌다. 그래서 하루 중 많은 시간을 독서하며 지낼 수 있게 되었다.

독서는 세손 시절부터의 습관이었다.

이런 습관은 큰일을 앞두고도 변하지 않았다. 책에서 눈을 떼지 못하는 황제를 상선이 안타까워하면서 재촉했다.

"폐하! 황공하오나 출발하실 시간이 지나고 있사옵니다."

상선의 거듭된 재촉에 황제가 겨우 독서 삼매경에서 벗어났다. 황제는 편전에 걸린 큰 시계를 보며 놀랐다.

"이런! 벌써 시간이 저렇게 되었구나."

"예, 그렇사옵니다."

황제가 책을 덮었다.

그것을 본 상선이 손으로 신호를 보냈다. 이어서 대기하고 있던 대전 내관들이 황제를 부축했다.

"허허! 이러지 않아도 된다."

"황태자 전하께서 언제나 폐하를 지극정성으로 모시라는 엄명을 하셨사옵니다. 하오니 저희는 그 영에 따를 수밖에 없사옵니다."

"허허! 짐은 아직 정정하다. 그러니 너무 이러지 않아도 된다."

아니라는 말을 하기는 했다. 그러나 황제의 용안에는 더없이 흡족한 미소가 가득했다.

"황태자는 어디 있느냐?"

상선이 대답했다.

"건명문(建明門)에서 대기하고 있사옵니다."

건명문은 경희궁의 중문이다.

"태후마마와 황후는?"

"편전 마당에서 기다리고 계시옵니다."

황제가 벌떡 일어났다.

"이런! 짐이 어마마마를 힘들게 했구나."

황제가 서둘러 편전을 나섰다.

그 편전의 마당에서는 태후를 비롯한 황실 내명부 여인들이 기다리고 있었다.

황제가 태후에게 몸을 숙였다.

"송구하옵니다. 소자가 책에 정신이 팔려 어마마마를 기다리게 했습니다."

태후가 웃으며 고개를 저었다.

"아니에요. 나도 방금 도착했어요."

"황후와 귀비도 오셨구려."

두 명의 여인이 나는 듯 인사했다.

"예, 폐하."

"어마마마, 가시지요. 태자 내외가 기다린다고 합니다."

"황상께서 앞장을 서세요."

"그렇게 하겠습니다."

황제가 태후를 모시고 어도로 나왔다.

'ㄴ'자 형태로 꺾인 어도의 끝에 황태자 내외가 아이들과
서 있었다. 황태자 내외를 본 황실 가족은 하나같이 입가에
미소가 걸렸다.

황태자는 2년 전 황손을 더 두었다. 황태자 내외가 허리를
숙이자 다섯 살이 된 황태손이 두 손을 모으고 공손히 고개
를 숙였다.

황제가 너털웃음을 터트렸다.

"허허허! 많이 기다렸느냐?"

"아닙니다."

황제가 황태손을 바라봤다.

"황태손은 요즘 글공부를 열심히 한다고?"

"스승님의 가르침을 열심히 따르고 있사옵니다."

"오! 그래. 지금은 그렇게만 하면 된다. 앞으로도 스승의
말씀을 잘 따라야 한다."

"예, 할바마마."

황제가 둘째를 바라봤다. 두 살의 황손은 황태자비의 손을
잡고 있다가 환하게 웃었다.

"할바마마."

발음이 잘 안 되는 손자를 보며 황제가 한 번 더 웃음을 터
트렸다.

"허허허! 효명공(孝明公)도 나와 있었구나."

"예, 할바마마."

황제가 황태손과 효명공의 머리를 연신 쓰다듬었다. 그러던 황제가 주변을 둘러보며 지시했다.

"가자!"

황제가 앞장을 서자 닫혀 있던 건명문이 활짝 열렸다. 건명문의 앞마당은 본래 마사토가 깔려 있었는데, 이제는 화강석이 뒤덮여 있었다.

그 마당에 수십여 명의 중신들이 기다리고 있었다.

수상인 이가환이 앞으로 나섰다.

"어서 오십시오, 폐하."

"허허허! 기다리느라 고생이 많았소."

"아니옵니다."

건명문의 앞뜰에는 금천(禁川)이 흐르고, 그 위에 석조로 만든 금천교가 놓여 있다. 그 금천교의 앞에는 여섯 마리의 말이 끄는 화려한 황실 전용 마차가 세 대 서 있었다.

이가환이 정중히 몸을 돌렸다.

"폐하! 황실 전용 마차가 준비되어 있사옵니다."

증기기관차가 만들어지면서 황실의 운송 수단도 큰 변화가 있었다.

본래는 사람이 지는 연(輦)이나 가마 등이 사용되었다. 그러다가 개혁이 시작되면서 말이나 마차가 끄는 가마가 운송 수단이 되었다. 최근에는 황태자의 건의로 황실 전용 마차가 새로운 운송 수단으로 바뀌었다.

"고맙소."

황제가 황후, 태후와 마차에 올랐다.

다음 마차에 황태자의 모후와 몇 명의 내명부 여인이 올랐다. 이어서 세 번째 마차에 황태자 내외와 두 아이가 탔다.

내금위장에서 이제는 황실경호실장이 된 무장이 소리쳤다.

"모든 분이 탑승을 마쳤다. 출발하라!"

마차가 천천히 이동했다.

정문을 나서면서 금군 병력이 겹겹의 호위를 했다.

황제의 전용 마차는 한양을 가로지르다 우측으로 꺾었다.

황태자비가 놀라워했다.

"전하! 마차가 너무도 편안하옵니다. 흔들림도 거의 없고, 덜컹거림도 별로 느껴지지 않고요."

황태자가 웃으며 설명했다.

"그게 다 이번에 개발된 현가장치(懸架裝置) 덕분입니다."

"아! 전하께서 만드셨다는 장치 말씀이지요?"

"하하! 제안을 한 건 내가 맞아요. 하지만 실무를 담당한 건 철도개발본부 기술자들이지요."

"신첩은 전하께서 설계까지 직접 하셨다고 들었사옵니다."

"이런! 그런 소문까지 났습니까?"

황태자비가 환하게 웃었다.

"예. 궁에서는 전하의 일거수일투족이 다 관심의 대상이 옵니다."

"하하! 그렇군요."

황태손이 궁금해했다.

"아바마마, 현가장치가 뭐예요?"

황태자가 아들의 머리를 쓰다듬었다.

"그것이 궁금하더냐?"

"예. 어떤 장치이기에 마차가 흔들리지 않는지 궁금하옵니다."

"그렇구나. 현가장치는 노면의 충격이 마차나 객차에 탄 사람에게 전달되지 않게 한다. 원래는 이번에 타게 될 증기기관차의 객차를 개발하면서 만든 장치다."

황태자는 나름대로 상세히 설명해 주었다. 그러다 똥그랗게 눈을 뜨고 설명에 귀 기울이는 아들의 모습에 황태자는 절로 미소가 지어졌다.

"이해가 되느냐?"

"음! 사람들을 편하게 하는 장치네요?"

"하하! 맞다. 네 말이 어떤 미사여구보다 정확하구나."

황태자의 칭찬에 황태손의 얼굴이 미소로 가득해졌다.

그런 황태손을 황태자비가 웃으며 보듬었다.

"호호! 잘했다."

"어마마마, 나도."

둘째가 황태자비의 품을 파고들었다. 황태자비는 그 아들도 함께 안아 주면서 환하게 웃었다.

마차가 서서히 속도를 줄였다. 황태자가 커튼을 젖혀 보니 마차가 황실 전용 구내로 들어서고 있었다.

이윽고 마차가 멈추었다.

황태자가 먼저 문을 열고 내려가 황태자비와 아이들을 챙겼다. 그리고 몸을 돌리니 황제를 비롯한 다른 사람들도 마차에서 내렸다.

황태자가 황제에게 다가갔다.

"오시는데 불편하지는 않으셨는지요."

"아니다. 생각보다 마차가 흔들리지 않아서 좋았다."

태후도 거들었다.

"편하게 왔어요. 황태자께서 무슨 장치를 만들었다고 하더니, 아마도 그 덕분인 거 같습니다."

"편하셨다니 다행입니다."

황태자가 일정을 설명했다.

"이번에 개통된 경경선은 세계에서 최초로 부설된 철도노선이옵니다. 그 개통을 축하하기 위한 환영식을 먼저 거행할 예정이옵니다."

황제가 크게 고개를 끄덕였다.

"경경선은 지난 5년여 동안 온 국력을 집중한 대역사다. 그 첫 번째의 성공인데 당연히 그래야겠지."

"잠시 휴게실에서 쉬고 계시면 소자가 진행 상황을 살피고 오겠습니다."

"그렇게 하라."

황태자가 역 구내에 마련된 황실 전용 휴게실로 황실 가족을 안내했다. 그러고는 행사를 주관하는 철도개발본부 사무실을 찾았다.

방우정과 관리들이 일제히 고개를 숙였다.

"어서 오십시오, 전하."

"고생들이 많습니다. 어떻게, 행사 준비는 잘되어 가고 있나요?"

방우정이 대답했다.

"다행히 차질 없이 준비되고 있사옵니다."

"잘 부탁합니다."

이어서 행사 준비가 모두 끝났다는 보고가 들어왔다.

황태자가 휴게실로 들어가 황제를 모시고 역사 2층으로 올라갔다.

황제와 황태자가 베란다로 나섰다.

"와!"

그 순간, 남대문역 광장과 그 주변을 가득 메운 백성들이 일제히 환호했다. 황제는 그런 백성들을 위해 몇 번이고 손을 흔들어 주었다.

이어서 황제에게 오색 끈이 주어졌다.

황태자가 설명했다.

"아바마마! 그 끈은 역사를 덮고 있는 천을 벗기는 줄입니다. 하오니 신호에 맞춰 가위로 끈을 잘라 주시면 되옵니다."

황제가 어리둥절해했다.

"이 끈을 자르면 건물을 덮은 천이 벗겨진다고?"

"상징적 의미로 하는 행위입니다. 아바마마께서 줄을 자르시면, 거기에 맞춰 줄을 풀리게 되어 있사옵니다."

"그렇구나. 그런데 이렇게 큰 건물을 덮은 천을 한 번 쓰고 버리는 것이냐?"

방우정이 설명했다.

"그렇지 않사옵니다. 이번에 사용한 천은 상무사 계열사인 대한방직에서 만든 신제품입니다. 이번에 사용하고 나면 염색을 한 뒤 잘라서, 고생한 직원들에게 일정량씩 배부할 계획입니다."

"옷을 해 입게 나눠 준다는 말이구나."

"그러하옵니다."

"잘 생각했다."

상선이 가위를 가져왔다.

방우정이 손짓을 했다. 그와 함께 대기하고 있던 악공이 힘차게 징을 세 번 쳤다.

징! 징! 징!

"폐하! 이제 줄을 자르시면 되옵니다."

황제가 줄을 잘랐다.

그것을 신호로 초대형 천이 천천히 걷혔다. 그러면서 웅장한 남대문 역사가 그 위용을 드러냈다.

"우와!"

백성들은 환호했다.

붉은 벽돌과 화강석재로 지어진 역사는 단일 건물로는 제일 컸다. 놀랍게도 건물 중앙에 대형 시계탑도 우뚝 세워져 있었다.

백성들의 환호는 한동안 이어졌다. 황제는 그런 백성들의 모습을 흐뭇한 표정으로 바라봤다.

방우정이 나섰다.

"폐하! 소인이 행사장으로 모시겠사옵니다."

"그렇게 하라."

행사장은 베란다와 붙어 있는 2층에 마련되어 있었다. 그곳에는 수상을 비롯한 내각 대신들과 전국 각지에서 초대된 귀빈들이 대기해 있었다.

방우정의 경과 보고가 있었다.

황제의 축사에 이어 내각 수상과 유림 대표의 축사도 이어졌다. 이어서 철도 탑승에 대한 간략한 요령과 향후 계획에 대한 발표도 있었다.

그런데 이런 행사에 반드시 있는 시상식이 빠져 있었다.

내외 귀빈들이 궁금해할 즈음, 방우정이 나서서 안내했다.

"이번 개통 행사에는 시상식이 없습니다. 그 대신 요양에 도착서 황도와 황성 건설에 공을 세운 분들과 함께 포상이 이루어질 예정입니다. 그러니 참석하신 귀빈 여러분들께서는 잠시 후, 안내에 따라 질서 있게 열차에 탑승하시기 바랍니다."

안내와 함께 축하 행사가 끝났다.

황제가 황태자와 함께 선로로 내려왔다. 선로에는 증기기관차가 다량의 객차와 연결되어 있었다.

"이 앞에 있는 것이 증기기관차로구나."

방우정이 설명했다.

"그러하옵니다. 이 증기기관차는 시속 50킬로미터를 상회하는 속도로 100톤의 화물과 오백 명의 승객을 한 번에 수송할 수 있사옵니다."

황제가 놀랐다.

"그렇게 많은 사람과 화물을 한꺼번에 수송할 수 있어? 그것도 말보다 빠른 50킬로미터로 말이냐?"

"그렇사옵니다."

"실로 대단하구나. 그 많은 물량을 단번에 옮길 수 있다니. 허면 원료는 목재를 사용하느냐?"

"아니옵니다. 처음 증기기관차를 개발했을 때는 목재와 목탄을 사용했사옵니다. 그런데 목탄은 가볍고 출력이 많이 나지만 상대적으로 비용이 많이 들어갑니다. 그래서 황태자 전하의 지시로 기관을 개량해 석탄을 사용하게 만들었습니다."

"그랬구나."

황태자가 설명했다.

"증기기관차의 연료로 목탄을 사용하면 엄청난 양의 목재가 필요합니다. 그리되면 대대적으로 추진하고 있는 산림녹화사업이 또다시 흔들리게 되옵니다. 그래서 소자가 직접 참여해 원료를 석탄으로 대체하였사옵니다."

황제가 크게 기뻐했다.

"아주 잘했다. 한양 주변은 과거 온통 민둥산이었다. 그러던 것이 꾸준한 녹화사업으로 제법 푸르러졌다. 그런 산을 증기기관차 때문에 다시 헐벗게 만들 수는 없다."

황제는 증기기관차의 이곳저곳을 둘러보며 크게 흡족해했다. 그러던 황제가 객차로 이동했다.

"이 물건이 우리가 탈 객차로구나?"

"그러하옵니다. 앞으로 우리 황실이 전용으로 사용할 황실 전용 객차로, 총 3량입니다. 그리고 귀빈들이 탑승할 일반객차도 3량이 뒤에 있습니다."

황제가 객차를 살펴보며 만족해했다.

"고생들이 많았겠구나. 이 정도면 황실 전용 객차로 손색이 없겠어."

개혁군주

"올라가 보시지요. 소자가 확인한 바로는 내부는 더 정성을 들여 꾸며져 있사옵니다."

"오! 그러냐?"

황제가 황태후에게 권했다.

"어마마마, 먼저 오르시지요."

황태후가 고개를 저었다.

"아니에요. 황실이 사용할 물건이라면 당연히 황상이 먼저 올라야지요."

"알겠습니다. 그러면 소자가 먼저 오르겠사옵니다."

황제가 객차에 올랐다.

전용 객차의 내부는 화려했다. 전용 객차 중 1량은 황제가 정무와 휴식을 취할 수 있도록 객차가 나뉘어 꾸며져 있었다.

다른 1량은 황실 내명부가 사용할 수 있게 꾸몄으며, 나머지 1량은 식당이었다. 황제가 전용 객차를 둘러보는 동안 다른 객차로 수상과 귀빈들도 탑승했다.

전용 객차는 황실 가족의 내밀한 공간이 마련되어 있었다. 그래서 수상과 내각 대신들은 황제가 정무를 보는 객차만 둘러보는 데 만족해야 했다.

황제가 자리에 앉자 몇 사람이 다가왔다. 황태자가 그들을 황제에게 소개했다.

"아바마마! 여기 이 사람이 증기기관차의 개발을 총괄 지휘한 리처드 트레비식입니다. 그리고 이 사람은 그와 함께 노력한 조지 스티븐슨이고요."

황제가 반갑게 맞았다.

"오! 그대들이 영국에서 온 기술자들이었구나. 그동안 고생이 많았다."

리처드 트레비식이 어눌한 한국어로 인사했다.

"처음 뵙겠습니다. 철도개발본부 소속 기사 리처드 트레비식이라고 합니다."

"처음 뵙겠습니다. 같이 근무하는 조지 스티븐슨입니다."

이어서 제복을 입은 사람이 나섰다.

"충! 인사드리겠습니다. 폐하를 모시고 운행하는 영광을 얻은 기관사 김강석입니다."

황태자가 부연 설명했다.

"김강석 기관사는 본래 증기기관차의 개발에 참여했었습니다. 그러다 기관차 운행에 능력이 더 많아 부서를 변경했습니다. 오늘은 처음이어서 기관차를 직접 운행하지만, 앞으로는 철도대학에서 기관사 양성을 전담하게 될 것입니다."

"오! 교수로서 봉직한다는 말이구나."

"그러하옵니다."

황제가 김강석을 격려했다.

"앞으로 잘 부탁한다. 인재를 양성하는 일만큼 중요한 일은 없음을 유념하라."

"최선을 다해 최고의 인재를 길러 보겠습니다."

인사를 마친 세 사람이 돌아갔다.

빵!

크고 긴 기적이 울렸다.

황태자가 설명했다.

"아바마마! 열차가 출발한다는 신호이옵니다."

덜컹! 철커덩!

말이 끝나기 무섭게 열차가 움직였다. 황제를 비롯한 수상과 대신들의 표정이 절로 굳어졌다.

그러나 기관차는 아무 문제 없이 부드럽게 움직였다. 처음에는 긴장했던 황제도 이내 안색을 부드럽게 했다.

"오! 생각보다 진동이 심하지 않구나."

수상 이가환도 거들었다.

"그러게 말입니다. 모든 게 쇠로 만들어졌다고 해서 진동이 심할 거라고 예상했는데, 이 정도면 아주 양호하옵니다."

황태자가 설명했다.

"진동이 적은 것은 마차에 적용되었던 현가장치 덕분입니다. 그리고 규칙적으로 나는 철커덩 소리는 철로의 이음매 구간을 지날 때마다 나는 것입니다."

"그렇다면 아무 문제가 없다는 말씀이군요."

"그렇사옵니다."

설명을 듣던 황제가 창밖을 바라봤다.

"허허! 백성들이 엄청나게 몰렸구나."

수상도 밖을 보며 놀라워했다.

"인파가 대단하옵니다. 저 정도면 한양뿐이 아니라 도성 인근에서 모두 모여든 것 같습니다."

"그렇겠지. 수시로 보고를 받은 짐도 놀라운데, 소문만 듣던 백성들은 오죽하겠나."

이가환이 백성들을 지적했다.

"폐하, 백성들의 옷을 보십시오. 이제는 백성들의 복식이 참으로 많이 바뀌었사옵니다. 도성을 오갈 때마다 옷이 많이 달라진 것은 알았지만, 저렇게 모아 놓고 보니 참으로 장관입니다."

황제도 인정했다.

"맞다. 정말 많이 바뀌었구나. 개혁이 나라도 바뀌게 했고 백성들의 실생활도 바뀌게 했어."

"예. 모두가 개혁 덕분입니다."

황제가 몇 번이고 고개를 끄덕였다. 그런 황제의 시선은 창밖에서 떨어지지가 않았다.

남대문을 출발한 기차는 용산까지 내려갔다.

그리고 북한산을 피해 북상했다. 그렇게 올라간 철도는 처음으로 임진강철교와 마주했다.

철커덩! 철커덩!

육지와 달리 교각에서는 철로의 접합 부위 진동음이 몇 배나 커진다. 그 소리에 다시 긴장한 황제는 다리를 지나서야 용안이 풀렸다.

"허허! 과연 대단하구나. 이 무거운 기차가 교량을 건너는 데도 전혀 문제가 없었어."

황태자가 설명했다.

"모든 철교는 철저하게 하중을 계산해서 부설했사옵니다. 그렇게 부설한 이후 수백 번의 시험을 거쳤습니다. 그러면서 미비한 부분이 있으면 몇 번이고 손을 보았고요."

"관리를 잘해야 한다는 말이구나."

"그렇사옵니다. 쇠는 낮밤의 기온 차에도 미세하게 늘었다 줄어듭니다. 그런 수축 팽창을 반복하다 보면 이음새가 느슨해지지요. 그래서 지속적으로 관리를 해 주어야 합니다."

철교 건설과 관리에 대한 황태자의 설명이 한동안 이어졌다. 모두는 설명에 집중했으며, 설명이 끝났을 때는 절로 자부심으로 가득한 표정을 지었다.

기차는 그렇게 힘차게 전진했다.

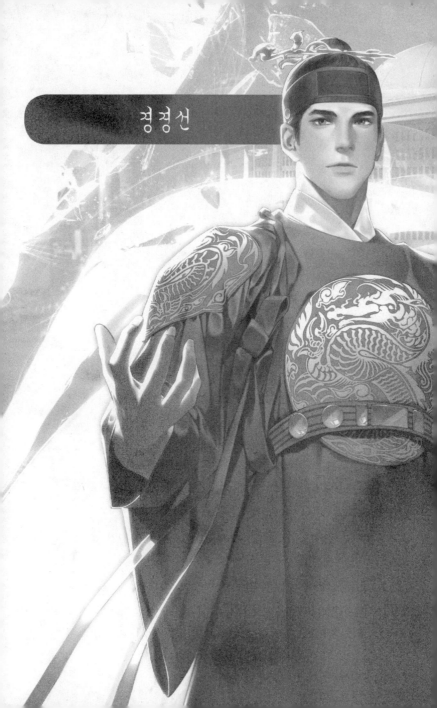

경경선

　한양을 출발한 기차는 불과 세 시간 만에 개성에 도착했다. 개성에서 물을 보급받은 기관차는 다시 세 시간 만에 평양에 도착했다.

　황제가 대동강철교를 보며 감탄했다.

　"허허! 놀랍기 그지없구나. 한양에서 평양까지 팔백 리가 넘는다. 그런 길을 불과 여섯 시간 만에 주파하다니."

　황태자가 설명했다.

　"이 기관차의 속도는 50킬로미터를 조금 상회합니다. 그 속도를 유지해 달리면 평양까지 여섯 시간이 걸리게 됩니다. 이어서 의주까지는 두 시간이 조금 더 걸리고, 거기서 목적지인 요양까지 다시 네 시간여가 더 걸립니다."

황제가 연신 너털웃음을 터트렸다.

"허허! 보고는 여러 차례 받았지만, 실제 겪어 보니 놀랍기만 하구나. 한양에서 요양까지는 실로 먼 거리다. 지리적으로도 멀지만, 심리적으로는 훨씬 더 멀지. 그런 먼 길을 불과 하루도 안 되어 도착할 수 있다니. 짐은 직접 경험을 하고 있는데도 믿기지가 않구나."

"한양에서 요양까지 700킬로미터 정도 됩니다. 산술적으로는 이 기관차로 열두 시간 정도면 도착할 수 있사옵니다."

외무대신 이만수가 나섰다.

"황태자 전하, 신이 알기로 요양에서 연경까지도 비슷한 거리로 알고 있습니다. 그러면 앞으로 경경선이 완전히 개통되면, 한양에서 연경까지 하루면 도착할 수 있다는 말씀이옵니까?"

요양이 대한의 중심이 되면서 북경은 지리적으로 명칭이 맞지 않았다. 그래서 북경이 과거의 이름인 연경(燕京)으로 명칭이 변경되었다.

본래 경경선은 한양과 요양까지였다.

그러나 대다수의 여론이 연경까지 연결된 노선을 경경선으로 불리기를 바랐다. 이런 여론에 따라 경경선이 한양과 연경까지로 변경되었다.

그러면서 세부 노선은 별도로 정해졌다. 한양과 요양은 남경선, 요양에서 연경은 서경선이 되었다.

황태자가 설명했다.

"외무상의 말씀대로 남경선과 서경선의 거리는 비슷합니다. 그래서 서경선이 개통되는 올 연말이면 한양에서 연경까지 이론적으로 하루면 도착할 수 있게 됩니다. 그러나 중간 기착지를 감안한다면 하루 반의 시간이 걸릴 것입니다."

놀라서 객차 안이 술렁였다.

이만수가 한숨을 내쉬었다.

"하! 참으로 꿈같은 시대가 시작되었습니다. 과거에 신이 연경을 사행했을 때는 두 달여의 시간이 걸렸었습니다. 그 먼 거리를 하루밖에 걸리지 않게 되었다니요."

황태자가 자신했다.

"이제 시작일 뿐입니다. 과학기술은 앞으로 점점 더 발달하게 될 것입니다. 그렇게 기술력이 축적되면 속도는 지금보다 훨씬 더 빨라질 겁니다."

"아아! 생각만 해도 가슴이 뛰옵니다."

이가환도 거들었다.

"개혁은 시간이 갈수록 속도가 붙고 있습니다. 놀라운 사실은 발전 속도가 지금의 1년이 과거의 10년보다 더 빠르다는 것이고요. 이 상대로 10여 년만 더 지난다면 우리 대한은 구태를 완전히 벗어날 것으로 예상됩니다."

공업대신 정약용도 거들었다.

"수상 각하의 말씀대로입니다. 황태자 전하께서 개혁을

시작하신 지 16년의 세월이 흘렀습니다. 그동안 우리 대한은 그 이전의 몇백 년보다 더 많이 변화하고 발전했습니다. 나라도 바뀌고 강역도 몇십 배로 늘어났고요."

정약용이 자신의 두 팔을 벌렸다.

"아울러 우리의 실생활도 천지개벽을 하고 있고요. 개혁이 없었다면 이런 관복을 입을 거라고는 누구도 예상하지 못하셨을 겁니다."

황제도 동조했다.

"공업상의 말이 맞다. 이전의 우리였다면 요양으로 천도할 생각도 못 했을 것이다. 한양이 아무리 한쪽에 쏠려 있다고 해도 황도라는 기득권을 지키려 했을 것이다. 그 대신 북경이나 심양을 배도로 만들어 통치하려 했을 것이다."

모두가 적극적으로 동조했다.

"그러나 요양 천도를 당연하게 생각할 정도로 우리의 마음가짐이 크게 달라졌다. 짐은 황도가 될 요양이 어떻게 변했는지 궁금하다. 만년을 이어 나갈 우리 대한의 새로운 황도가 어떤 모습으로 탈바꿈했는지 말이다."

이가환도 동조했다.

"옳은 말씀이옵니다. 아무리 도화서 화원이 정밀 묘사를 해 왔다고 해도, 그림으로 보는 것과 실제는 천양지차일 것이옵니다."

"그렇지. 그런데 수상은 새로 지은 자택을 보러 다녀오지 않았나?"

"예. 그래서 더 궁금하옵니다. 신이 요양에는 가 봤지만, 황성과 자금성에는 들어가 보지 못했습니다. 다만 그 규모가 북경보다 훨씬 넓다는 말씀을 도제조께 들었을 뿐입니다."

"허어! 수상도 자금성을 둘러보지 않았다고?"

황태자가 설명했다.

"소자가 그렇게 하라고 했사옵니다. 그래서 황성과 자금성은 지금까지 누구에게도 전체를 개방해지 않고 있습니다. 공사를 하는 인부와 기술자들도 각자의 영역에서만 활동해 왔을 뿐입니다. 다만 영건도감 도제조와 황도 건설을 책임지는 공사감독들만이 전체 상황을 알고 있는 정도입니다. 황성과 자금성의 전체를 가장 처음 둘러보실 수 있는 분은 오직 아바마마 한 분이시옵니다."

이가환의 고개가 끄덕였다.

"맞습니다. 그래서 신도 그 말을 듣고 바로 발길을 돌렸습니다."

황제가 용안이 순간 붉어졌다.

"허허! 그랬구나. 우리 황태자가 그렇게까지 짐을 신경 쓰고 있었어."

"당연히 할 도리를 하고 있을 뿐입니다."

"그런데 북경보다 넓어졌다고?"

"서면보고 드린 대로, 요양의 자금성은 연경과 달리 정원을 새롭게 조성했사옵니다. 그리고 서양식 석조 궁전도 몇 동을 새로 건축했었사옵니다. 그런 건축물이 들어서면서 궁역이 넓어졌사옵니다. 그러나 건물 전체의 규모는 북경의 자금성보다 줄어들었사옵니다."

"허허! 그렇구나."

대화를 나누는 동안 기차는 평양을 지나갔다. 그러다 한 시간여가 지날 즈음 청천강에 도착했다.

황제가 큰 관심을 보였다.

"청천강 다리가 세계에서 제일 긴 철교라고 하던데, 맞느냐?"

황태자가 대답했다.

"그러하옵니다. 청천강의 강폭은 좁지만 주변이 저지대입니다. 그런 저지대를 통과하기 위해서는 교각을 건설해야 합니다. 그 바람에 철교의 전체 길이가 1,200미터나 됩니다."

설명 도중 철교를 건넜다. 철교를 지나치는 소리를 들으며 황제의 질문이 이어졌다.

"곧 있으면 한강을 가로지를 철교와 인도교가 완공된다는 보고를 받았다. 그 철교보다 청천강 철교가 길다는 말이더냐?"

"그렇사옵니다. 한강의 강폭은 청천강보다 넓지만, 양쪽 지반이 높습니다. 그런 지형 덕분에 청천강 철교보다 실제 거리는 100여 미터 짧습니다."

"그렇구나."

열차는 두 시간여 만에 의주에 도착했다.

황태자가 나섰다.

"아바마마! 이대로 가면 밤에 요양에 도착하게 되옵니다. 그래서 오늘은 의주에서 하루를 보내고 내일 일찍 출발할 것이옵니다."

황실 전용 객차에는 침대칸이 별도로 있었다. 그럼에도 황태자는 황제의 편안한 휴식을 위해 의주에 새로 만든 별궁으로 모셨다.

❋

그리고 다음 날.

황실 전용 열차는 이른 아침 의주를 출발했다. 그런 열차는 곧바로 산악 지대로 접어들었다.

황제에게는 초행이었다.

"이 일대가 천산산맥이로구나."

이가환도 거들었다.

"그러하옵니다. 우리 선조들이 수많은 애환이 서려 있는 천산산맥이옵니다."

"발해 이후 우리는 만주를 잃어버렸다. 그 후 이 산맥은 우리에게 애증의 땅이 되었지. 그런데 이제는 만주와 본토를 가로막는 걸림돌이 되었다니, 실로 격세지감이라 할 수 있구나."

황제는 한동안 밖을 내다봤다. 그러다 기차가 터널로 접어들자 황태자를 찾았다.

"태자야. 이 굴을 뚫기 위해 많은 희생이 있었다고 했더냐?"

"이 구간은 전부가 암석 지대여서 난공사가 많았습니다. 그 바람에 백여 명의 청군 포로들이 희생되었사옵니다."

"후! 안타까운 일이구나. 아무리 포로였다고 해도 인명은 소중하다. 희생자들을 위한 넋을 위로해 줄 방안을 모색해 보도록 해라."

황태자가 바로 대답했다.

"그렇지 않아도 산맥 입구에 대형 위령탑을 세웠습니다. 그래서 해마다 날을 정해 위령제를 지내도록 조치해 두었습니다."

"잘했다. 그런데 공사에 투입한 포로들은 어떻게 조치했느냐? 앞으로도 계속 도로 공사 현장에 투입할 것이냐?"

"그렇사옵니다. 철도와 국도 건설은 이제 시작이옵니다. 두 공사에 소요되는 막대한 예산을 절감하기 위해서라도 포로를 적극 활용해야 하옵니다."

"그래야겠지. 노비가 없는 지금으로선 그들의 일손이 중요하기는 하지. 그런데 청국은 끝까지 포로들에 대해서는 문제를 제기하지 않는 것이냐?"

대현고국

외무대신 이만수가 대답했다.

"지금까지 청국은 단 한 번도 포로 문제를 거론한 적이 없었사옵니다."

황제가 고개를 저었다.

"놀라운 일이다. 아무리 황하 이북을 넘겨주었다고 해도, 백성들까지 나 몰라라 할 줄은 몰랐구나."

"겨우 국력을 회복해 가고 있는 청국입니다. 그런 청국에게 포로들은 어쩌면 계륵일 수도 있사옵니다."

황태자도 동조했다.

"과거의 청국이 아니옵니다. 수십만의 포로를 데려가려면 막대한 비용을 지급해야 하옵니다. 설령 그렇다고 해도 포로를 재무장시키고 유지하는 일도 쉽지 않을 것이고요. 더 문제는 포로들 대부분이 황하 이북 출신이란 점입니다."

이만수가 거들었다.

"포로들의 출신 문제도 큰 걸림돌이옵니다. 그리고 청국 자신들이 먼저 도발하지 않으면 우리가 황하를 넘지 않는다는 사실을 잘 알고 있습니다. 강남의 송도 마찬가지고요. 그런 청국에서 50여 만의 포로는 너무 큰 부담이옵니다. 그렇다고 속량해서 풀어 줄 수도 없는 일이고요."

황태자가 말을 이었다.

"지금으로선 청국도 쉽게 말을 꺼내지 않을 겁니다. 그들에게 당면 과제는 포로가 아니라 국력 회복이니까요."

"심양에 있는 청국의 의친왕과 황자는 이번에 내려오는 것이냐?"

대한은 청국의 항복을 받으며 두 명의 황족을 볼모로 받았다. 대한은 그들을 심양에 머물게 하면서, 1년에 두 차례 한양을 왕복하며 황제를 알현하게 하고 있었다.

"그렇사옵니다. 올라가시면 그들을 접견할 수 있을 것이옵니다."

"청국의 의친왕 영선은 만나 볼수록 사람이 진국이더라. 영선이 오래전부터 청국 국정에 관여했다면 우리의 대업은 큰 차질을 빚었을 거야."

"소자도 영선의 인물 됨됨이는 잘 알고 있사옵니다. 그러나 그의 능력이 아무리 뛰어나다고 해도 우리의 대업을 막을 정도는 아니옵니다."

"그랬을까?"

황태자가 단언했다.

"그러하옵니다. 우리가 대업을 준비했던 10여 년의 시간은 단순이 군사력만 양성했던 것은 아니옵니다."

"그 말은 맞다. 개혁이 진행되면서 군사 무기도 획기적인 변화가 있었지."

"거기에 백성들의 의식구조가 진취적으로 바뀌면서 대업을 달성할 수 있었습니다. 영선이 유능한 인물이기는 하나 당시의 청국 상황은 최악이어서 대세의 흐름을 절대 막지 못

했을 것이옵니다."

황제도 인정했다.

"네 말이 맞다."

열차는 한동안 산악 지대를 관통했다.

그러던 열차는 드디어 요동 벌판에 들어섰다. 갑자기 달라진 창밖 풍경에 황제가 탄성을 터트렸다.

"드디어 요동 벌판이로구나. 오! 저기 요양백탑이 보이는구나."

"예, 아바마마. 이제 내리실 준비를 하시옵소서. 요양백탑이 보인다는 건 목적지인 요양에 도착한다는 의미와 같사옵니다."

"알겠다."

황태자의 설명대로 열차는 차츰 속도를 줄이기 시작했다. 그러다 마침내 기관차가 증기를 내뿜으며 첫 여정을 무사히 끝마쳤다.

철커덩! 피~쉬!

경호 무관이 객차의 문을 열었다. 역에서 대기하고 있던 은친왕 이인이 객차로 올라왔다.

"어서 오십시오, 형님 폐하."

황제가 환하게 웃으며 은친왕을 반겼다.

"아우가 그동안 고생이 많았다."

은친왕은 그동안 영건도감 도제조로 황성과 자금성 건설

을 지휘해 왔다. 과거였다면 감히 꿈도 꿀 수 없는 일을 그가 맡을 수 있었던 것은 황태자의 건의에 의해서였다.

은친왕은 어려서부터 모진 정치적 압박을 받아야 했다. 노론 강경파는 끊임없이 세손과 사도세자의 후손들을 없애려 했다.

그래야 자신들 입맛대로 국왕을 옹립할 수 있기 때문이다.

은친왕은 그 바람에 대부분의 혈족을 먼저 보낸 단장의 아픔까지 겪어야 했다.

황태자는 이런 그에게 역사에 남을 일을 맡기고 싶었다. 그래서 영건도감 도제조를 추천했으며, 황제는 이를 기꺼이 받아들였다.

은친왕도 황태자의 배려에 보답하기 위해 최선의 노력을 경주해 왔다. 그런 노력이 결실을 거두면서 계획보다 반년이나 일찍 공사를 마칠 수 있었다.

은친왕이 몸을 숙였다.

"아니옵니다. 황실 종친으로서 당연히 할 일을 하고 있을 뿐입니다."

"네가 많은 고생을 했다는 건 결과가 증명해 주었다. 공기가 반년이나 앞당겨졌다. 그리고 공사 기간에 인명사고가 단한 건도 없다는 사실이 짐은 너무도 기쁘구나."

"모두가 조심한 덕분이옵니다."

"허허허! 이제 너는 대한의 친왕이다. 너무 나대는 것도 좋지 않지만, 너무 조심하는 것도 보기 좋지 않구나."

황태자도 거들었다.

"아바마마의 말씀대로입니다. 숙부께서는 우리 대한의 하나뿐이신 친왕이십니다."

은친왕의 눈자위가 붉어졌다.

"고맙소, 황태자. 황태자가 과인을 강화에서부터 챙겨 주지 않았다면 어찌 오늘이 있었겠소. 지금까지도 그래 왔지만, 앞으로도 과인은 늘 처신에 조심하겠소이다."

"황감한 말씀이옵니다."

은친왕이 권했다.

"형님 폐하, 이만 하차하시지요."

"그러자."

황제와 은친왕이 먼저 하차했다.

황태자는 그런 형제를 흐뭇하게 바라보다 뒤를 따랐다. 이러는 동안 다른 객차에서 태후를 비롯한 황실 가족이 줄지어 내렸다. 내각 대신들과 내외 귀빈들도 차례로 하차했다.

"이리로 가시지요."

"그러자."

요양역의 한쪽에는 남대문역과 같이 황실 전용 공간이 마련되어 있었다. 그곳에는 수십 대의 마차가 대기하고 있었다.

"오르시지요, 형님 폐하."

황제가 은친왕의 손을 잡았다.

"같이 오르자."

은친왕이 난색을 보였다.

"형님. 소제는 뒤에 따로 자리가 있사옵니다."

"아니다. 괜찮으니 함께 타자. 짐이 너에게 묻고 싶은 게 많다."

황태자가 나섰다.

"그렇게 하십시오. 어마마마와 함께 타셔도 마차는 충분히 넓사옵니다."

"하! 이거 참."

은친왕이 난감해하며 선뜻 답을 못했다.

그러자 이번에는 수상인 이가환도 나서서 권했다.

"그렇게 하십시오, 전하. 두 형제분께서 함께 마차에 오르시면, 그 자체만으로도 백성들의 귀감이 되옵니다."

몇 사람이 연이어 권했다.

은친왕이 난감해하다 마차에 올랐다. 뒤이어 황제와 황후가 마차에 올랐으며, 다른 사람들도 배정된 마차에 각각 올랐다.

"출발하라!"

요양역사는 성의 동쪽에 자리하고 있다. 심양으로 올라가는 노선과 연경으로 넘어가는 노선을 원활하게 이어 주기 위해서였다.

역을 출발한 황제의 마차는 성벽을 끼고 남쪽으로 내려갔다. 창밖으로 성벽을 바라보던 황제의 시선에 이상한 점이 눈에 띄었다.

"성벽이 연경보다 낮구나."

은친왕이 대답했다.

"황태자의 지시 때문이옵니다."

"황태자가 일부러 낮게 하라 했다고?"

"그렇사옵니다. 앞으로의 전쟁은 기병보다는 보병 화력이 승패를 좌우한다고 했습니다. 그렇게 되면 성벽은 갈수록 위상이 퇴색된다고 했사옵니다. 그러나 지금 당장은 없앨 수 없으니 연경의 절반 정도만 축성하는 게 좋다고 했습니다."

"요양성은 고구려 시절부터 내성과 외성이 있었다. 허면 그 구분도 없앴다는 말이더냐?"

"그렇습니다. 요양의 내외 구분은 연경처럼 남북을 구분한 것에 지나지 않사옵니다. 그런 구분은 우리로서는 의미가 없사옵니다. 그 대신 방어력을 높이기 위해 성형 요새를 별도로 축성했사옵니다."

황제도 알고 있는 사안이었다.

그럼에도 황제는 설명에 귀를 기울였다. 은친왕은 요새를 손으로 가리키며 각 부분을 상세히 설명했다.

설명이 끝나 갈 즈음, 마차는 남쪽으로 방향을 틀었다. 남쪽에는 좌우로 상가들이 수백 미터나 늘어서 있었다.

"벌써 상가가 형성되었구나."

"황도 건설과 함께 요동 일대는 물론 연경의 한족 상인들이 대거 몰려왔습니다. 그렇게 몰려온 상인들은 토지를 매입해서는 상가를 짓고 장사를 시작했사옵니다. 본토에서도 많은 상인이 올라왔고요. 그 바람에 불과 4년 만에 저렇게 대규모 상권이 형성되었사옵니다."

"한족 상인들에게 토지를 매각했다고? 아무 기반 시설도 없는 상태에서 말이냐?"

"예, 형님. 상당한 고가였음에도 상인들이 몰려왔사옵니다. 그래서 황태자의 조언을 받아 상가 부지를 입찰로 매각했사옵니다."

"허허! 놀라운 일이구나. 입찰을 했다면 상당한 수익이 나왔겠구나."

"모두가 황태자의 계획대로입니다. 황태자는 남문 일대를 상가 지역으로 획정했습니다. 그래서 축성하기 전에 먼저 구역부터 정리했고요. 그리고 일정 면적마다 고유 지번을 부여했사옵니다."

"그렇게 나뉜 지역을 입찰을 통해 매각했다면 일은 편했겠구나?"

"그렇사옵니다. 매각된 토지 중 도로 전면의 상가는 반드시 3층으로 짓게 했습니다. 그래서 보시는 대로 전면 상가는 전부 3층이옵니다."

황제가 창밖을 죽 살폈다.

"그렇구나. 하나같이 3층으로 지어서 보기가 아주 좋구나. 그런데 그런 조치를 한족들이 아무 불만 없이 따르더냐?"

"예. 그게 매각 조건이었으니까요?"

"허허! 의외로구나. 제재가 많으면 반발은 당연한 일인데 아무 일이 없었다니."

"황도 상권을 장악하는 일입니다. 이의가 있는 것이 오히려 이상한 일이지요. 그뿐이 아닙니다. 상인들은 자발적으로 자금을 모아 중앙 대로를 돌로 포장까지 했사옵니다. 덕분에 우리는 예산을 크게 절감할 수 있었고요."

황제가 거듭 놀랐다.

"허허! 대륙의 상인이라 그런지 통이 크구나. 자신들의 장사를 위함이라지만 그 정도면 민심이 안정되었다고 해도 과언이 아니구나."

"예, 형님. 대륙 일부는 아직 어수선하다는 말을 들었사옵니다. 그러나 이 일대만큼은 완전히 안정을 찾았습니다."

"다행이구나. 참으로 다행이야."

마차가 요양의 남문 앞에 도착했다.

"폐하! 황도의 남문인 중양문(中陽門)이옵니다. 보고에 따르면 중양이란 명칭을 형님 폐하께서 친히 지으셨다고 들었사옵니다."

"그렇다. 중(中)은 천하의 중심이란 의미이고 양(陽)은 태양을 가리킨다. 태양은 우주의 중심이나 나라의 수도와 같은 의미다. 그래서 중양은 천하의 중심이자 수도라는 의미를 담고 있다."

"소제는 중양문의 의미를 듣는 순간 가슴이 뛰었습니다. 이 남문의 의미처럼 요양은 언제까지라도 천하의 중심이 될 것입니다."

"당연히 그렇게 되어야지."

이러는 사이 마차 문이 열렸다.

상선이 다가와 몸을 숙였다.

"폐하, 하차하시옵소서. 여기서부터는 말을 타고 입성하게 되어 있사옵니다."

"그래 알았다."

황제가 마차에서 내렸다.

그러자 중양문의 위용이 전면에 펼쳐졌다. 주변을 압도하는 남문을 본 황제가 감탄했다.

"허허! 한눈에 전경을 다 볼 수 없다니. 연경보다 성벽이 낮다고는 하나 중양문의 위용은 연경 정양문에 버금가는구나."

은친왕이 설명했다.

"중양문은 천자의 상징인 오문삼전의 시작이옵니다. 오직 형님 폐하만이 출입할 수 있는 어도가 시작되는 지점이어서 다른 성문보다 규모가 클 수밖에 없사옵니다."

"흐음! 그렇구나. 그런데 성문의 넓이가 예사롭지 않게 넓구나."

"황태자는 언젠가 요양의 성벽이 헐리게 될 때가 온다고 했사옵니다. 그때가 되면 성문도 헐릴 수가 있는데, 저런 식으로 문을 크게 만들면 나중에라도 훼손을 방지할 수 있다고 했사옵니다."

"그렇구나."

이때, 경호 무관이 황제의 말을 가져왔다.

황제가 말에 오르면서 황태자를 불렀다.

"황태자도 이리 가까이 오라."

"예, 아바마마."

"짐은 너와 아우와 함께 입성하고 싶구나."

황태자가 한발 물러섰다.

"황망하신 말씀이옵니다. 천하의 주인은 오직 한 분이십니다. 소자는 그런 아바마마의 바로 뒤를 따를 것이오니 앞서시옵소서."

은친왕도 물러섰다.

"황태자의 말이 맞사옵니다. 천도 후 처음으로 황도에 입성하는 길이옵니다. 그 길은 오롯이 형님 폐하 혼자서 걸으셔야 하옵니다."

"그래, 알았다."

여느 때였다면 한 번 더 권했을 터였다. 그러나 황제는 두 사람의 마음을 헤아렸다.

황제가 앞장을 섰다. 그런 황제의 뒤로 황태자와 은친왕
이, 그 뒤로 황실 마차가 따랐다.

"출발하라!"

드디어 황제가 황도에 입성했다.

개혁군주

선양

　황제가 중양문을 통과했다. 그런 황제의 전면에는 거대한 대한문(大韓門)이 당당히 서 있었다.

　황제가 대한문도 지났다.

　그러자 황성 남문인 승천문이 보였다.

　승천문(承天門)은 천안문의 이전 이름으로, 명나라가 멸망하면서 소실되었다. 그런 승천문은 청나라 순치제의 명으로 재건되며 천안문이 되었다.

　황제는 이런 천안문을 이건하면서 과거의 이름으로 돌려놓게 했다.

　중양문과 승천문의 좌우로 회랑이 길게 이어져 있다. 청나라는 이 담장을 천보랑(仟步廊)이라 불렀으며, 요양도 마찬가지다.

은친왕이 전면을 가리켰다.

"폐하! 전면의 다리가 외(外)금천교이옵니다."

한양의 궁궐 안에는 금천이 흐르고, 그 위에 금천교가 걸려 있다. 연경에서는 금천교를 금수교라 불렀으나 요양은 한양의 예를 따랐다.

"다리가 다섯이구나."

"예, 그러하옵니다. 연경에서는 천민이 다니는 다리까지 일곱이었으나 여기에는 다섯 개만 설치했사옵니다."

황제가 기꺼워했다.

"잘했다. 노비나 천민이 없어진 우리에게는 다섯이면 족하다."

황제가 용으로 난간이 장식된 중앙의 다리를 건넜다. 황태자도 이때만큼은 바로 옆의 문관이 지나는 꽃봉오리가 장식된 다리를 이용했다.

금천교를 지난 황제는 승천문과 단문을 지나 자금성의 정문인 오문을 통과했다. 그리고 자금성 안의 내금천교를 건너 태화문에 도착했다.

청국 출신 태감이 몸을 숙였다.

"폐하, 외조 삼전은 전부 석축 위에 지어져 있사옵니다. 그래서 가마를 사용하셔야 하옵니다."

황제가 말에서 내렸다. 그러고는 가마를 지나 계단으로 바로 갔다.

"아니다. 짐이 직접 걸어서 들어가겠다."

태감이 깜짝 놀라 만류했다.

"폐하! 가마에 오르시옵소서. 청조의 역대 황제 중에서 태화문을 걸어서 넘은 분은 없었사옵니다."

"아니다. 괜찮다. 걸어가면서 외조의 모습을 천천히 감상하고 싶구나."

"아! 폐하!"

황제가 단호하게 말을 끊었다.

"되었다. 그만 가자."

태감은 어쩔 수 없이 몸을 숙였다.

"예. 천신이 모시겠사옵니다."

그렇게 직접 문을 통과한 황제는 드넓은 광장을 가로질렀다. 그런 광장에는 이전에는 없던 방식인 품계석이 서 있었다.

태화전은 3단의 높은 석단 위에 세워져 있다. 황제는 그 계단도 쉼 없이 올랐으며, 황제가 모습을 보이자 굳게 닫혔던 태화전의 문이 활짝 열렸다.

내관들이 일제히 무릎을 꿇었다.

"황제 폐하를 알현하옵니다. 만세, 만세, 만만세!"

황제는 대전 내관들의 만세 연호를 들으며 대전으로 들어갔다. 안으로 들어간 황제는 미리 대기하고 있던 상선의 부축을 받아 수미단에 올랐다.

황제가 몸을 돌렸다.

그러자 뒤따라온 황태자를 비롯한 황족들과 중신들이 서둘러 안으로 들어와 자리를 잡았다.

상선이 적당한 때에 고했다.

"폐하! 용상에 안좌하시옵소서."

황제가 대전을 죽 둘러봤다. 잠시 만감이 교차한 표정을 짓던 황제가 용상에 앉았다.

황태자가 한 발 나섰다.

"폐하! 무사히 입성하심을 앙축드리옵니다!"

모두가 입을 모아 소리쳤다.

"폐하! 무사히 입성하심을 앙축드리옵니다!"

황제의 용안에 미소가 걸렸다.

"모두 수고 많았다. 경들의 노고 덕분에 우리 대한의 요양 시대가 시작되었구나."

수상 이가환이 나섰다.

"모두가 하늘의 돌보심 덕분입니다. 신을 비롯한 대한의 모든 신민은 언제까지라도 충성을 다할 것을 맹세합니다!"

모두가 소리쳤다.

"충성을 다할 것을 맹세합니다."

"고맙다. 모두 고맙다."

요양 시대가 이렇게 시작되었다.

개혁군주

황태자는 한동안 정신없이 보냈다.

자금성과 황성, 그리고 별궁인 원명원을 둘러보는 데 며칠이 걸렸다. 이어서 황도를 샅샅이 둘러보는 데에 다시 며칠의 시간이 걸렸다.

요양성은 철저한 계획도시로, 50만의 인구 거주를 상정하고 만들어졌다. 한양의 세 배에 달했으며, 연경 내성보다 훨씬 넓다.

요양성은 본토 백성만 거주하게 했다.

이러한 조치에도 한족과 만주족은 조금의 불만도 갖지 않았다. 청국이 연경 내성과 심양, 그리고 대륙 각지의 요새에 만주족만 거주시켰던 학습효과 때문이었다.

그렇다고 황도 밖을 소홀히 하지 않았다.

대한에서 도성은 성하십리(城下十里)까지라는 개념이 있었다. 그래서 한양의 방(坊)과 계(契)의 상당 숫자가 도성 밖에 위치했다.

요양도 마찬가지였다.

요양은 성내 50만을 포함해서 100만이 거주하는 도시로 계획되었다. 그래서 태자하와 접해 있는 한 면을 제외한 3면을 바둑판처럼 구획해 놓았다.

이렇게 정비된 지역은 전부 일정 면적으로 토지를 나눴다.

그리고 중요도에 따라 토지 대금을 차등 부과해서 누구라도 어울려 살게 했다.

황태자는 이런 지역도 빠지지 않고 둘러봤다.

일부러 상가와 장시를 둘러보면서 민심 동향을 살피고 다녔다. 이러한 황태자의 적극적인 행보에 한족과 만주족은 크게 고무되었다.

황도가 결정되고 4년이 지났다.

그동안 요양으로 수많은 사람이 모여들었다. 대한은 황도로 이주하는 한족과 만주족은 선별해서 받아들였다.

본토 주민들은 다양한 혜택을 부여하며 이주를 권장해 왔다. 다행히 이주 정책은 큰 효과를 발휘하며 단시간에 무려 30여 만이나 이주했다.

이러한 현상은 요양만이 아니었다.

대한은 본토 농민들에 대해 북미와 같은 적극적인 이주 정책을 펼쳤다. 그 결과 빈 땅이나 다름없던 봉금령 지역에 무려 200만 이상이 이주했다.

장성 너머로도 수십만이 이주했다.

첫해에는 준비가 부족해 이주민의 숫자가 몇만에 불과했었다. 그러다 양안 작업이 완료되고 군정이 자리를 잡은 이후 엄청난 인구가 이주했다.

북미도 마찬가지다.

이전부터 북미는 많은 주민이 이주해 왔다. 그러다 참전 장병들이 전역하면서 이주는 폭증했다.

그 결과 북미 이주는 100만을 훌쩍 상회했다. 이주민 중 전역 장병이 수십만이어서 자경단이 절로 조직될 수 있을 정도였다.

황태자는 황제를 대신해 요양 일대의 민심 안정에 주력했다. 그러면서 자신이 담당하고 있는 군정 현황도 철저하게 챙겼다.

요양의 자금성은 연경과 달랐다.

오문삼전은 연경과 다르지 않았으며, 주요 전각들도 큰 틀은 바뀌지 않았다. 그러나 연경에는 없던 새로운 석조 건물이 십여 동 건설되었다.

황제와 황태자가 정무를 보는 건물이 석조로 각각 축조되었다. 2층으로 지어진 건물은 수십여 개의 방이 있을 정도로 면적이 상당히 넓었다.

황후궁과 태후궁, 후궁들을 위한 건물도 새롭게 지어졌다. 황궁 부속 건물 중 가장 중요한 수라간과 태의원도 서양식으로 들어섰다. 특히 태의원은 황실 전용 병원으로 거듭났다.

이런 건물의 전면에는 상당한 규모의 정원이 조성되어 있었다. 이런 까닭에 요양의 자금성은 연경보다 그 규모가 컸다.

황태자는 새로운 황태자궁에서 정무를 살폈다. 요양으로

천도했지만, 군정은 여전히 황태자가 직접 챙기고 있었다.

군정의 상당 지역이 내각에 이관되었다. 그러나 더 많은 지역에서 아직까지 군정이 실시되고 있었다. 그래서 황태자 궁은 늘 많은 사람이 북적였다.

황태자가 이주민 현황을 살피며 흡족해했다.

"이주민이 예상외로 늘어나네요."

오도원이 상황을 짐작했다.

"본토 백성 대부분은 소작농이었습니다. 아무리 고향이 좋다고 해도 미래가 없는 소작을 누가 계속하고 싶어 하겠습니까? 아이들을 생각해서도 그렇게 하고 싶지 않았을 겁니다."

"부모의 자식 사랑은 무엇으로도 바꿀 수 없지요."

"맞습니다. 그동안 백성들의 의식구조가 대폭 바뀌었습니다. 본토 소작농들은 자식들을 위해서라도 무상으로 토지가 지급되는 만주와 북미로의 이주를 당연히 하고 있사옵니다."

"개인으로도 좋은 일이지만, 나라의 미래를 위해서라도 다행한 일이네요."

"그런데 이주민이 폭증하면서 그에 따른 문제도 나타나고 있다고 하옵니다."

황태자가 대번에 알아들었다.

"사람이 부족하다는 말이 나오겠군요."

"그렇사옵니다. 지난해부터 이주민이 폭증하고 있사옵니다. 그 바람에 전라도와 충청도 일대에서 사람이 없다는 말

개혁군주

이 나오기 시작한다고 합니다."

황태자가 고개를 저었다.

"자업자득이에요. 착취에 가까운 소작 비율 때문에 지주들만 배를 불려 왔어요. 그 바람에 지주는 점점 더 부자가 되고 소작농은 농사를 지어도 초근목피로 연명해야 했고요. 그래서 소작 비율을 조절하라고 수차 경고했지만 요지부동이었잖아요."

오도원이 걱정했다.

"그렇기는 합니다. 그러나 지주들이 농사를 짓지 못하겠다고 하면 당장 식량 수급이 문제가 되지 않겠습니까?"

황태자가 고개를 저었다.

"그렇지 않을 거예요. 지주가 농사를 짓지 않는다면 나라에서 강제로 수용하면 됩니다. 수용된 토지는 경자유전의 원칙에 따라 농민들에게 유상분배하면 되고요. 그리되면 지주는 나라가 책정하는 가격에 20년간 토지 대금을 분납받아야 해요."

"지주들로서는 큰 손해겠습니다."

"그렇지요. 그래서 그 전에 나라에 토지 매각을 의뢰하게 될 겁니다."

"그런데 농민들이 없으면 그렇게 수용된 토지도 농사를 짓지 못하게 되지 않겠사옵니까?"

"이주민이 아무리 많아진다고 해도 그렇게 되는 경우는 없을 거예요. 지주들이 땅을 내놓으면 그대로 안착하려는 농민이 많아질 거예요. 그리고 영농 조건이 불리한 토지는 점차 산지로 환원될 수밖에 없을 거예요."

오도원이 크게 고개를 끄덕였다.

"맞는 말씀입니다. 다락논과 천수답이 너무 많습니다. 산 중턱이나 사람도 잘 다니지 못하는 골짜기 농지는 없어지는 게 맞사옵니다."

"그렇지요. 이제는 그런 땅까지 경작할 필요가 없어졌지요. 그리고 무엇보다 사람이 귀한 줄 알아야 해요. 그래야 이전처럼 지주들이 토호 노릇을 하지 못하게 됩니다."

오도원도 몇 번이고 고개를 끄덕이며 황태자의 발언에 동조했다.

황태자가 보던 서류를 덮고는 오도원이 제출한 서류를 펼쳤다.

"오! 일본과의 교역량이 계속해서 늘고 있네요."

오도원의 목소리가 높아졌다.

"예상을 훌쩍 넘는 결과이옵니다. 솔직히 일본의 구매력이 이 정도로 대단할 줄 몰랐사옵니다. 그런데 걱정이 되는 부분이 있사옵니다."

"무엇이 문제이지요?"

"교역량이 너무 일방적입니다. 그렇다고 일본에서 들여올 만한 제품도 없고요. 아무리 우리가 관세를 납부하고 있다고 해도, 이런 식의 교역은 분명 문제가 될 수밖에 없습니다. 대책을 강구해야 할 거 같습니다."

황태자가 싱긋이 웃었다.

"그 문제에 너무 민감해할 필요는 없습니다. 그보다 지금 상황에서 일본이 우리와의 교역을 중단할 수 있을 거라 생각합니까?"

오도원이 고개를 저었다.

"어렵습니다. 교역을 통제하려면 막부가 나서야 합니다. 그런데 쇼군을 비롯해 막부 조정에서 구매하는 물량이 엄청납니다. 자신들이 소비를 부추기고 있는 상황인데 어떻게 막부가 나설 수 있겠습니까?"

"바로 그거예요. 신문물은 한 번 접하게 되면 그 효용성 때문에 그 이전으로 돌아가기 어렵습니다. 그래서 우리와 사이가 좋지 않은 청국도 엄청난 양을 구매하고 있는 것이고요."

"맞는 말씀이옵니다. 유럽도 대륙봉쇄령이 의외로 빨리 해제되면서 이전보다 거래량이 두 배 이상 늘어났습니다."

"그래요. 그리고 무역역조가 더 심해져서 막부가 특단의 조치를 취하는 게 좋아요. 그래야 우리의 대계를 실행할 수 있는 명문이 생기잖아요."

오도원이 크게 주억거렸다.

"아! 맞습니다. 교역보다 막부의 움직임에 더 신경 써야 한다는 사실을 잠시 잊었습니다. 송구합니다, 전하."

"오 대표가 직원들을 더 독려해 주세요. 그리고 다이묘 중 우리에게 접근해 오는 자가 분명 있을 것입니다. 그런 자들에 대해서도 철저하게 조사를 하도록 조치하고요."

"예, 전하."

오도원이 나가고도 황태자는 한동안 상무사와 관련된 업무를 살폈다. 그러던 중 비서실 직원이 들어와 고개를 숙였다.

"전하, 폐하께서 찾으신다는 전언이옵니다."

황태자가 그제야 고개를 들었다.

"지금 어디 계신다고 하던가?"

"원명원에 계시다고 하옵니다."

"알았다. 가자."

원명원은 요양 북쪽에 있었다.

요양 원명원은 태자하의 지류를 활용해 몇 개의 인공 연못을 만들었다. 그러면서 나온 흙으로 가산도 상당히 높게 조성해 놓았다. 그러나 연경보다는 권역은 작아서 몇 개로 나누지는 않았다.

"폐하! 황태자 전하께서 도착하셨사옵니다."

"어서 들라 하라."

"안으로 드십시오."

"고맙다."

황제가 읽고 있던 책을 덮고서 환하게 웃었다.

"바쁜 일은 대충 끝난 것이냐?"

"오늘은 심각한 현안이 없었사옵니다."

"다행이구나."

황제가 한동안 머뭇거렸다.

"흐음! 오늘 너를 부른 것은 이제는 정리할 때가 되었기 때문이다."

황태자는 바짝 긴장했다.

"정리라니 무엇을 말씀하시는지요?"

황제가 황태자를 똑바로 바라봤다.

"짐은 일간 날을 정해 선위를 하려고 한다."

쿵!

황태자가 그대로 무릎을 꿇었다.

"아바마마, 아니 되옵니다. 선위라니요? 천부당만부당이 옵니다. 아직 나라도 제대로 서지 않은 시기이옵니다. 하오니 부디 영을 거두어 주시옵소서."

황제가 고개를 저었다.

"그렇지 않다. 너도 알고 있지만, 짐은 일찍 너에게 선위를 하고 물러나 화성으로 내려가려 했었다. 그러나 너로 인해 계획이 미뤄졌다. 다행히 북벌에 성공하면서 고토를 수복하고 칭제건원도 했다. 아울러 아바마마의 신원과 황제의 추존까지 하게 되었다. 그런 짐이 더 무엇을 바라겠느냐!"

"아바마마! 아직은 대한의 신민들이 아바마마의 통치를 바라고 있사옵니다."

황제가 고개를 저었다.

"짐은 본래 제위에 오르자마자 선위하려고 했다. 그러나 천도라는 국가 대사가 남아 있었기에 지금까지 기다려 온 것이다. 다행히 모두가 합심해 성공리에 천도를 할 수 있었다. 짐은 그래서 결정했다. 여기까지가 짐의 할 일이라고, 그리고 다음은 태자인 네 몫이라고 말이다."

"아바마마!"

"그리고 현실적인 문제도 있다."

"현실적인 문제라니요?"

"땅은 좁아도 본토는 우리의 근본이다. 그런 근본을 그대로 내버려 둘 수는 없지 않겠느냐?"

"한양은 이미 배도로 지정이 되었지 않사옵니까? 그래서 작지만 한양 내각도 새로 조각하기로 계획이 되어 있지 않사옵니까?"

"그랬지. 그래서 짐이 너에게 선위를 하고 한양으로 내려가려 하는 것이다. 너는 여기서 대한의 황제로 대륙과 북방, 그리고 북미를 다스려라. 짐은 태후마마를 모시고 한양으로 내려가 너의 짐을 덜어 주려고 한다."

황태자의 목소리가 떨렸다.

"아바마마!"

황제의 목소리는 단호했다.

"아직은 대륙이 안정되지 않았다. 그런 대륙의 안정을 위해서 황제는 주기적으로 연경을 찾으며 민심을 안정시켜야 한다. 그러려면 더더욱 본토가 안정되어야 하고. 그러니 나라의 앞날을 위해서라도 짐의 말을 듣도록 해라."

너무나 논리정연했다.

힘들다거나 목표가 사라져서 그만 쉬겠다고 하는 게 아니다. 황제는 나라를 위해 선위하겠다는 말로 황태자의 입을 막아 버렸다.

그래도 황태자는 반대하려 했다. 그러나 황제는 손을 들어 황태자를 제지했다.

"그만하라. 본토를 네가 왕복하며 다스리겠다는 어리석은 말은 아예 하지도 마라. 너는 대한의 황제가 되어, 여기서 대륙과 북방 북미를 통치해야 한다. 그렇지 않고 네가 한양을 들락거리면 요양으로 천도한 의미가 없어지게 된다."

"아······."

황태자의 말문이 막혔다.

자신이 하고자 하는 말을 황제가 딱 잘라 버렸기 때문이다. 그리고 황제가 하는 말의 의미를 누구보다 황태자가 잘 알고 있었다.

황제의 말이 이어졌다.

"본토를 제외하면 우리 대한의 전역은 아직 군정을 시행하고 있다. 그런 군정을 너는 지금까지 잘 이끌어 오면서 통치력을 이미 입증했다. 그래서 짐이 선위한다 해도 내각에서 크게 반대하지 않을 것이다."

황태자는 그제야 알았다, 황제가 자신에게 군권을 맡긴 심 모원려가 오늘을 위해서였다는 사실을.

"아바마마께옵서는 처음부터 이런 계획을 생각해 두셨던 것이옵니까?"

황제가 크게 웃었다.

"하하하! 물론이다. 짐은 대업이 성공하면 대리청정보다 지금의 방식이 더 좋다고 생각했다. 그래서 지금까지 군권과 군정 일체를 너에게 맡겨 온 것이다. 다행히도 너는 모두의 기대를 뛰어넘는 능력을 보여 왔다. 그래서 짐은 홀가분하게 선위할 수 있어서 기쁘기 한량이 없구나."

"아아!"

황태자가 말을 못 하고 연신 탄식했다.

황제는 그런 황태자에게 쐐기를 박았다.

"이미 수상과도 이야기를 맞춰 놓았다. 수상의 나이도 벌써 일흔이다. 짐이 선위하면 수상도 물러나서 함께 한양으로 돌아갈 것이다."

"……벌써 내각과 의견을 나누셨사옵니까?"

"그렇다. 과거였다면 짐이 선위한다는 말이 떨어지면 나라가 뒤집혔을 것이다. 그러나 이번은 다르다. 아니, 지금이 딱 새로운 황제가 나라를 이끌 시기라는 공감대가 은연중에

개혁군주

형성되어 있다. 그러니 공연한 일을 벌여 나라를 뒤숭숭하게 만들지 말고, 돌아가서 마음의 준비를 하고 있어라."

사실 할 말이 없었다.

군정을 책임지면서 나라를 무난히 이끌어 온 것은 틀림없는 사실이다. 그러나 그렇다고 해서 바로 일어나 나갈 수는 없는 일이었다.

황제가 다가와 황태자를 일으켰다. 그런 황제가 황태자의 어깨를 부드럽게 쓰다듬었다.

"걱정하지 마라. 너는 이미 모든 사람의 존경을 받고 있다. 그러니 겸손하지만 당당하게 이번 일을 받아들이도록 해라."

"아바마마, 아무리 그렇다고 해도……."

"그만 되었다. 더 이상 이 일을 거론하지 마라. 그러니 오늘은 이만 돌아가서 마음을 다잡아라."

황제는 황태자의 입을 아예 막았다.

그러고는 상선에게 지시해 황태자를 데려다주도록 했다. 그런데 황태자가 궁에 도착했을 때, 생각지도 않은 사람이 기다리고 있었다.

"수상께서 어인 일입니까?"

이가환이 너털웃음을 터트렸다.

"허허허! 신이 못 올 곳을 온 것도 아닌데 어찌 그리 놀라시옵니까?"

황태자가 무안한 표정을 지었다.

"미안합니다. 아바마마께서 갑작스러운 말씀을 하셔서 잠시 정신이 없었습니다. 우선 편히 앉으시지요."

"감사합니다."

수상이 인사를 하고는 자리에 앉았다. 황태자도 따라서 앉으며 질문을 했다.

"이게 대체 어떻게 된 일입니까? 아바마마께서 선위를 하겠다고 하셨습니다. 그런데 그 문제를 이미 수상과 논의했다고 하시던데요."

"예, 맞습니다. 그렇지 않아도 그 문제로 전하를 찾아뵈었습니다."

"……."

"폐하께서 말씀하셨듯이, 신은 그 문제로 오랫동안 많은 대화를 해 왔사옵니다."

황태자의 눈이 커졌다.

"이번이 처음 아니고요?"

"예, 그렇습니다. 신과 폐하의 관계가 남다르다는 사실은 전하께서도 잘 아실 것이옵니다."

"물론이지요. 아바마마께서 오래전부터 경을 수상으로 점찍어 두셨다는 것도 알고 있습니다."

"그렇습니다. 그런 황은 덕분에 신은 어려운 시기를 무사히 넘기며 여기까지 오게 되었습니다. 그러다 보니 폐하께서는 수시로 신을 불러 흉금을 털어놓고는 하셨습니다. 그러던 폐하께서 지난해부터 선위에 대한 말씀을 하셨습니다."

"아! 지난해부터요."

"신은 한사코 만류했습니다. 아직 나라가 안정되지 않은 상황에서 선위는 불가하다고 돈수백배(頓首百拜)했지요. 그러나 폐하께서는 이미 마음을 굳히신 뒤여서 어떤 말씀을 드려도 요지부동이셨습니다. 그래서 어쩔 수 없이 천도 이후까지만 참아 달라고 간청을 드렸습니다."

"그래서 아바마마께서 기다렸다고 말씀하신 것이군요."

"그러하옵니다. 그러면서 폐하께서는 본토에서 전하의 든든한 버팀목이 되겠다는 마음의 정리까지 마치셨습니다."

황태자가 한숨을 내쉬었다.

"후! 그랬군요."

"전하! 폐하의 성지(聖旨)는 이미 내각 주요 대신들이 모두 알고 있사옵니다. 그리고 대한의 신민들도 전하의 등극을 하나같이 반기고 있사옵니다. 그러니 폐하의 뜻을 받아들이시옵소서."

"수상! 아무리 그렇다고 해도 국본인 내가 불효를 저지를 수는 없지 않겠습니까?"

"그렇지 않사옵니다. 폐하의 뜻을 받드는 것이 진정한 효도입니다. 그렇지 않고 단순히 기본의 도리만을 따른다면 큰 불효를 저지르게 되옵니다."

이가환은 계속해서 간곡히 설득했다.

그러나 황태자는 쉽게 결정을 내리지 못했다. 이후 내각 대신 몇 명이 들어와 설득했으나 끝내 결정을 내리지 못했다.

이날 황태자는 뜬눈으로 밤을 새웠다.

다음 날 새벽, 황태자는 황태자비와 함께 태후께 문안 인사를 드렸다.

태후가 황태자를 보며 걱정했다.

"황태자. 무슨 근심이 있는 것입니까? 어째 안색이 좋지 않습니다."

"아, 아니옵니다."

"혹시 황상이 한 말 때문에 잠을 이루지 못한 것입니까?"

황태자가 깜짝 놀랐다.

"할마마마께서도 그 일을 아시옵니까?"

"물론이지요. 황태자!"

"예, 할마마마."

"이 할미도 황상과 뜻이 같습니다. 황태자도 알다시피 황상은 세손 시절부터 온갖 풍파를 다 겪었습니다. 죽을 고비도 몇 번이나 넘겼고요. 그런 황상이 지금까지 보위를 이어올 수 있었던 것은 어쩌면 기적이에요. 그러는 이제는 그만 황상을 편히 쉬게 해 주세요."

"아바마마께서는 아직 건강하시옵니다."

태후가 고개를 저었다.

"겉으로만 그렇지, 속은 달라요. 황상은 심정적으로 너무 많이 지쳐 있습니다. 사실 황태자의 보살핌이 아니었다면 벌써 쓰러져도 쓰러졌을 사람입니다. 그러니 이제는 황상을 편히 쉬게 해 주세요. 이 할미가 부탁드립니다."

"할마마마."

황태자는 말을 잇지 못했다.

본래라면 황제는 오래전에 서거했다.

그런 것을 자신이 온갖 노력을 다해 위생과 건강을 챙겨 왔었다. 그런 노력이 빛을 발해 10년이 넘도록 황제가 무탈하게 지내왔다.

태후가 다시 간청했다.

"황태자. 다시 부탁드리지만, 이제는 황상을 그만 쉬게 해 드리세요. 황태자의 경륜이라면 능히 천하를 다스리고도 남습니다."

태후가 이렇게 나오니 황태자도 안 된다는 말을 할 수가 없었다. 그러나 그렇다고 해서 알겠다는 말은 더더욱 할 수가 없었다.

"후! 소손, 이만 물러가겠사옵니다."

황태자는 끝내 답을 못하고 태후궁을 나왔다.

그런 모습을 보면서도 황태자비는 아무런 말을 하지 않았다. 다만 가만히 손을 뻗어 황태자의 손을 잡아 주었다.

황태자는 그런 황태자비의 마음 씀씀이가 고마워 그녀의 어깨를 몇 번이고 다독였다.

"폐하! 황태자 전하 내외분 드셨사옵니다."

"들라 하라!"

황태자 부부가 침전으로 들어갔다.

방 안에는 놀랍게도 황제의 여동생인 청연공주(淸衍公主)가 들어와 있었다. 청연공주가 환하게 웃으며 황태자 부부를 반겼다.

"두 분, 어서들 오세요."

황태자가 깜짝 놀랐다.

"고모님께서 이른 새벽에 어인 일이옵니까?"

"호호호! 고모가 조카님을 보고 싶어 이렇게 일찍 입성했답니다."

"잘 오셨습니다. 고모부께서도 평안하시지요?"

청연공주의 안색이 흐려졌다.

"한양에 있을 때는 건강했는데, 여기로 오고 나서부터 자주 자리보전을 하시네요."

"이런! 우선 아바마마와 어마마마께 아침 문후부터 여쭙겠습니다."

"그러세요."

황태자 부부가 아침 문후를 여쭈었다.

"아바마마, 어마마마. 간밤에 평안하셨사옵니까?"

"오냐. 짐은 무탈하다. 헌데 너의 얼굴이 전날만 못한 거 같구나."

"예. 밤새 잠을 설쳤사옵니다."

황제가 안타까워했다.

"허! 짐이 너를 고뇌에 빠트렸구나."

"……황공하옵니다."

이때, 청연공주가 나섰다.

"황태자."

"예, 고모님."

"오늘 내가 이렇게 일찍 입성한 까닭은 전날 황상께서 선위를 말씀하셨다고 해서예요."

"고모님께서도 그 말씀을 들었습니까?"

"나뿐이 아니에요. 이미 선위에 대한 황상의 말씀은 온 황도에 퍼져 있습니다."

황태자가 침음했다.

"으음! 하루도 지나지 않았는데 벌써 소문이 났단 말씀입니까?"

"대궐에는 어디에든 귀가 있다고 했어요. 요양의 자금성이라고 해서 그건 달라지지 않아요."

"후우. 그렇겠지요."

"황태자. 내가 새벽 입성한 것은 황태자가 부디 현명한 결

정을 내리라는 당부의 말씀을 드리기 위해섭니다. 황태자께
서는 할바마마가 어떻게 훙서했는지 아시지요?"

"예, 잘 알고 있습니다."

"할바마마께서는 세자 시절 대리청정을 오래 하셨지요.
선황제께서는 때때로 양위 소동을 벌이며 할바마마를 시험
했고요. 그때마다 할바마마는 몇 날 며칠 석고대죄를 하며
죄를 빌었습니다. 그럴 때마다 두 분의 주변에서는 이간하는
간신들이 등천했고요. 그런 간신들이 들끓으면서 결국 두 분
관계는 회복할 수 없는 지경에 이르렀고, 끝내 참혹한 비극
을 맞게 되었던 겁니다."

감정이 북받친 청연공주가 말을 잇지 못했다.

"……나는 우리 황실에 또다시 그런 비극이 일어나지 않기
를 바랍니다. 황제 오라버니와 황태자의 사이는 누가 무슨
소리를 해도 굳건하다는 걸 잘 알아요. 그러나 이번 선위가
단지 일과성 소동으로 끝난다면 과거의 일이 재현되지 않으
리란 보장이 없어요."

황태자가 급히 몸을 숙였다.

"고모님의 걱정, 백번 이해합니다. 그러나 그런 일은 절대
일어나지 않을 것이니 염려 마십시오."

청연공주가 단언했다.

"속단하지 마세요. 할바마마와 선황제 두 분 사이도 처음
부터 그러지 않았었습니다. 그런데 손톱 밑의 가시 같은 불

신이, 그것도 주변의 간신들이 심어 놓은 작은 불신의 불씨가 끝내 부자 모두를 불태웠던 겁니다."

"……"

"황태자."

"예, 고모님."

"그리고 무엇보다 중요한 것은 폐하십니다. 폐하께서는 평생 어깨에 지고 계시던 멍에를 벗으려 하십니다. 그래서 앞으로는 유유자적 살고 싶어 하세요. 황태자께서는 이런 부친의 바람을 들어드리는 게 효도잖아요."

"고모님."

"이 고모가 부탁드립니다, 황태자."

"……"

황제가 나섰다.

"공보야."

황태자가 깜짝 놀랐다.

어려서 한두 번 이외에는 부르지 않던 자(字)를 황제가 불렀다. 자를 부른 까닭은 황제가 아닌 아버지로서 대하겠다는 의미였다.

"예, 아바마마."

"허허! 심정적으로 힘들겠지만 그만 받아들이도록 해라. 아비가 권하고 내각이 권한다. 거기다 황실 어른들과 대한의 신민들이 기대하고 있다. 그런 상황을 무시하고 끝까지 사양

한다면 정말 큰 문제가 될 수도 있다."

황제가 은근한 협박까지 한다.

이 말을 들은 황태자도 더는 거절할 명분도, 이유도 없었다. 그러나 쉽게 입이 떨어지지 않았다.

한동안 주저주저하던 황태자가 결국 고개를 숙였다.

"……아바마마의 뜻에 따르겠사옵니다."

황제가 파안대소했다.

"하하하! 잘 생각했다. 참으로 잘 결정했어."

황제는 몇 번이고 같은 말을 반복하며 기뻐했다. 그런 황제의 옆에 있던 황후와 청연공주가 함박웃음을 지으며 좋아했다.

❀

선양 소식은 요양을 강타했다.

이른 새벽부터 요양이 들썩였으며, 내각도 새벽부터 바쁘게 움직였다. 이가환은 즉각 사람을 풀어 모든 대신들의 등청을 지시했다.

상황이 일사천리로 진행되었다.

내각에서 형식적인 반대 주청이 세 번 있었다. 당연히 황제는 이를 반려했으며, 황태후의 한글 칙서가 내려지면서 선양은 그대로 공식화되었다.

며칠 후, 길일이 정해졌다.

이날 요양의 팔대문이 활짝 열렸다. 열린 성문으로 수십 명이 전령이 사방으로 달려 나갔다.

❀

9월 10일.

황제의 즉위식이 열렸다.

2대 황제지만 천도 후 첫 번째 거행되는 즉위식이다. 여기에 미리 선양이 공표된 상황이었기에 온 나라의 모든 부족 대표가 참석했다.

몽골의 모든 부족이 참여했다. 중앙 초원에서도 이번에는 10여 개 부족이 참여했다. 만주에 거주하던 일부 만주족과, 러시아 지역의 북방 부족은 물론 북미 원주민 부족들도 참석했다.

외국 사절도 대거 참석했다.

청과 송을 비롯해 대리국에서도 처음으로 사절을 파견했다. 이어서 월과 참파, 그리고 시암을 비롯한 남방 각국도 사신을 보냈다.

유구왕국에서도 처음으로 사신을 보냈다.

그러나 정식으로 개항한 것이 아니어서, 서양에서는 화란 양행 대표만이 유일하게 참석했다. 그리고 일본은 대한의 발전상을 보여 주지 않으려는 정책 때문에 일부러 배제했다.

이렇듯 수많은 내외 귀빈이 참석한 즉위식은 장엄하고 화려하게 진행되었다.

황태자는 먼저 천단으로 나가 하늘에 제를 지냈다. 이어서 태묘(太廟)에도 즉위를 고했다.

그러고는 승천문에서 제위에 올랐다.

황성 남문인 승천문은 누각 주변 성벽이 상당히 넓다. 그래서 모든 내외 귀빈이 올라와 즉위를 축하할 수 있었다.

즉위 조서가 반포되었다.

"봉천승운황제는 말한다. 짐은……."

즉위 조서 반포에는 대한의 모든 민족이 화합할 것을 당부했다. 부국강병, 인재 육성과 기술 입국을 국시로 삼을 것도 선포했다.

황제는 황실 어른들에 대한 예우부터 했다.

황태후를 태황태후로, 황제를 태황제로, 황후를 황태후로 높여 모셨다. 이어서 생모인 황귀비 박 씨도 황태후로 모셨다.

조선은 후궁 소생이 즉위해도 생모를 대비로 높이지 않는다. 후궁 소생을 왕비 소생으로 입양하는 형식을 취하며 정통성을 부여했기 때문이다.

그러나 그렇지 않은 경우도 많았다. 그로 인해 간혹 정통성 시비가 일어나곤 했다.

반면에 명·청은 달랐다.

후궁 출신 황제의 생모를 태후로 격상시켜 정통성에 대한 시비를 원천 차단했다. 대한도 이러한 대륙 황조의 전통을 계승해 처음으로 황제의 모후를 황태후로 받든 것이다.

이어서 황태자비를 황후로, 황태손을 황태자로, 둘째인 효명공도 효명친왕으로 책봉했다.

황제는 10여 명을 봉작했다.

철도 발전에 가장 큰 공을 세운 방우정이 백작에 봉작되었다. 상무사 건설부장에 이어 건설성 차관으로 황도 건설에 공을 세운 유진성과, 전직 상무사 대표인 재무대신 박종보 등이 자작이 되었다.

현직 상무사 대표 오도원과 몇 사람이 남작으로 봉작되었다. 평민 출신으로 철도 건설에 지대한 공을 세운 김강석 교수와 영국인 리처드 트레비식도 남작이 되었다.

리처드 트레비식은 시몬스에 이어 외국인으로는 두 번째 작위 수여자였다. 그의 봉작은 본인도 영광이지만 내외 귀빈의 큰 관심을 끌었다.

이어서 내외 귀빈의 하례가 있었다.

먼저 대한의 각 부족 대표가 황제의 즉위를 하례했다.

이어서 유림 대표와 전국에서 선발된 노인들, 그리고 각 단체장의 하례가 이어졌다.

다음으로 외국 사절들의 하례가 있었다.

가장 먼저 청나라 사신과 볼모로 와 있는 의친왕 영선, 그리고 황자가 나섰다.

영선이 이들을 대표해 인사했다.

"외신 영선이 황제 폐하의 즉위를 진심으로 경하드립니다. 만세, 만세, 만만세."

대한은 의례를 강요하지 않았다.

그래서 외국 사절들은 자신들의 방식으로 황제에게 예를 표하게 했다. 청국 사신과 영선은 그들의 방식인 삼궤구고두례를 행했다.

절을 마친 셋이 무릎을 꿇었다.

황제가 그들을 둘러봤다.

"청국 황제께서는 안녕하신가?"

청국 사신이 머리를 조아렸다.

"우리 폐하께서는 무탈하시옵니다."

"다행이구나. 귀국이 칙사와 예물을 보내 주어 고맙기 그지없구나."

영선이 두 손을 모았다.

"황감하옵니다. 양국의 우호 증진을 위해 본국의 황제 폐하께서 마음을 많이 쓰셨사옵니다."

"고마운 일이다. 의친왕과 황자는 지내는 데 불편하지 않았는가?"

"폐하께서 신경을 써 주신 덕분에 잘 지내고 있사옵니다."

"본국에 온 지 4년인가?"

"그러하옵니다."

황제는 몇 번이고 고개를 끄덕였다.

그러던 황제가 놀라운 말을 했다.

순행

"4년이면 이제 돌아갈 때가 되었구나."

영선이 깜짝 놀랐다.

그러나 그는 급히 안색을 바로하고는 몸을 숙였다.

"폐하! 받들기 황망하옵니다. 외신과 여기 있는 황자는 본래 8년을 약속하고 왔사옵니다. 하온데 지금 돌아가라 하시면 너무 이른 거 같사옵니다."

영선이 기간을 들먹이면서 몸을 사렸다.

황제는 노련한 그의 처신에 웃음을 지었다. 그러고는 자상하게 다독였다.

"하하하! 귀국과 본국은 형제의 나라다. 그런 양국의 우호 증진을 위해서라도 두 사람은 짐의 즉위에 즈음해 돌아가는 게 맞다."

영선이 급히 몸을 숙였다.

"황공하옵니다. 갑작스러운 폐하의 말씀에 외신은 무슨 말씀을 올려야 할지 모르겠사옵니다."

"의친왕."

"예, 폐하."

"짐이 알기로 의친왕은 심양에서 수시로 요양을 다녀갔다고 들었다. 그랬기에 요양이 어떻게 지어졌는지 똑똑히 경험했을 것이다."

영선의 몸이 움찔했다.

황제의 지적대로 그는 수시로 요양을 오갔다. 그럴 때마다 이런저런 핑계를 댔지만, 실상은 대한의 기술력을 직접 확인하고 싶었기 때문이다.

영선이 숨기지 않았다.

"송구하옵니다. 본래는 심양을 벗어나면 안 되지만, 외신은 대한의 기술력이 어느 정도인지 너무도 궁금했었사옵니다. 그래서 매년 몇 번씩 요양을 다녀갔던 것이 사실이옵니다. 그러한 잘못에 대해 외신은 어떠한 처벌을 내리시더라도 달게 받겠사옵니다."

황제가 비로소 말을 높였다.

"아니오. 그대 같은 청나라의 충신을 짐이 벌을 줄 수야 없지요. 그리고 짐이 그대였어도 그렇게 했을 것이오."

개혁군주

영선이 두 손을 모아 쥐었다.

"외신의 사정을 이해해 주서서 황공하옵니다."

"그동안 요양을 지켜본 소감은 어떻소?"

"솔직히 경악했습니다. 우리 청국이 지난 전쟁에서 왜 패했는지 뼈저리게 절감했습니다. 그리고 할 수만 있다면 귀국의 기술을 배워 가고 싶은 게 솔직한 심정입니다."

황제가 고개를 저었다.

"미안하지만 당장은 어려운 말이오."

"하오면 나중에는 가능하옵니까?"

"그렇소. 그러나 그 또한 청국이 어떻게 처신하느냐에 달려 있다고 할 수 있소."

영선이 두 손을 모아 쥐었다.

"외신은 돌아가 본국 황제 폐하께 모든 것을 사실대로 알릴 것이옵니다. 그리고 대한과 약속했던 식목 사업을 반드시 지속해 나감은 물론 황하 치수 사업에도 적극 협조하게 할 것입니다. 아울러 직교역은 어렵지만, 상해를 통해 적극적인 교류를 시행하도록 주청 드릴 것이옵니다. 그러면서 우리 청국이 변하게 되면 폐하께서 해량하여 주시옵소서."

영선은 몇 번이고 두 손을 바닥에 대고 머리를 조아렸다. 육십이 훨씬 넘은 영선이 자신의 나라를 위하는 모습은 너무도 간절했다.

황제가 그에게 화답했다.

"알겠소. 귀국의 황제에게 전하시오. 그대의 약속대로 청국이 변한다면 짐은 아량을 베풀 용의가 있다고 말이오."

황제가 확답을 주지는 않았다. 그러나 대한의 황제가 이정도의 말을 해 준 것만 해도 영선으로선 감지덕지였다.

"황감하옵니다. 하루빨리 그런 날이 왔으면 원이 없겠사옵니다."

"하하하! 고대하고 있겠소."

청국 사신이 인사를 하고 물러갔다.

다음으로 송의 사신이 들어와 하례했다. 이들은 청국과 달리 오배삼고지례(五拜三叩之禮)를 행했다.

송에게 대한은 개국지은의 나라다.

본래는 대한을 재조지은이라며 공경해 왔었다. 그러다 송이 먼저 상위인 개국지은(開國之恩)이란 말을 사용하면서 새로운 개념이 생겨났다.

그만큼 송나라는 대한에 대한 고마움을 갖고 있었다. 그리고 개국에 결정적 도움을 준 사람이 황제란 사실도 잘 알고 있었다.

그래서 황제의 등극을 축하하기 위한 진상품은 어마어마했다. 이러한 송의 행위는 청나라에 대한 견제도 은근히 작용했다.

황제는 그런 사정을 잘 알고 있었다. 그러나 송의 칙사를 환대하면서 기를 한껏 살려 주었다.

이어서 대리국을 비롯한 각국 사신이 저마다의 예절에 따라 하례를 하고 물러났다. 그런 마지막에 화란양행 대표 시몬스 남작이 들어와 정중히 몸을 숙였다.

"폐하의 등극을 진심으로 하례드리옵니다."

"고맙소, 남작. 그렇지 않아도 남작을 따로 부르려고 했었는데 잘 왔네요."

"아! 그렇사옵니까?"

"앞으로 며칠은 정신이 없을 거 같네요. 그러니 그 후에 남작을 따로 봤으면 좋겠습니다."

"알겠습니다. 폐하께서 연락을 주실 때까지 기다리겠습니다."

"그렇게 하세요."

시몬스를 끝으로 인사가 끝났다.

이어서 사열이 진행되었다.

황제의 즉위를 축하하기 위해 각 군에서 병력이 선발되었다. 선발된 병력과 수도경비사령부 병력은 지난 한 달여간 요양에서 집중적인 훈련을 해 왔다.

그 병력이 사열을 위해 도열했다. 제병지휘관을 수도경비사령부 참모장이 담당했다.

"전체! 앞으로가!"

참모장의 구령에 수도경비사령부 병력이 힘차게 행진했다. 그런 병력의 선두는 전군을 상징하는 군기의장대가 앞장섰다.

성벽에는 황제를 비롯한 많은 내외 귀빈들이 나와 있었다.

그런 사람들은 저마다 탄성을 터트렸다.

"우와!"

"아아! 참으로 대단하다."

"그러게 말입니다. 저 많은 병력이 마치 한 몸처럼 행진하네요."

외국 귀빈들에게 행진은 충격이었다.

영선이 놀라 침음했다.

"으음! 실로 대단하구나. 대한의 군사력이 강력하다는 건 일찍이 알고 있었지만, 저 정도로 군기가 엄정할 줄은 몰랐다."

옆에 있던 청국 칙사가 동조했다.

"저도 대한의 군사력이 저 정도일 줄 몰랐습니다. 우리 청국은 병사들을 도열은 시키지만 진영이 흐트러져 행진을 시키지는 않습니다. 그런데 대한은 저 많은 병력이 행진해도 조금도 부조화가 일어나지 않사옵니다."

"그러게 말이야. 스스로 움직이는 철마(鐵馬)도 놀라운데, 군사력도 갈수록 더 강력해지고 있어."

칙사가 조심스럽게 의견을 냈다.

"이러다 대륙에서 대한을 몰아내는 일이 요원해지는 건 아닐지 걱정입니다."

"후······."

영선은 몇 번이고 한숨을 내쉬었다.

그는 끝내 말을 하지 않았지만, 속내는 칙사와 다르지 않았다. 그만큼 대한군의 행진은 충격이었다.

외국 사신들의 놀라움은 각각의 사정에 따라 다르게 표현되었다.

송과 같이 대한과 가까운 나라는 놀라면서도 뿌듯해했다. 반면에 적성국이라고 할 수 있는 청국은 엄청난 두려움으로 다가왔다. 그리고 남방 국가들은 대한의 군사력에 경외감을 느껴야 했다.

즉위 축하 행진은 이렇듯 여러 사람에게 다양한 생각을 갖게 만들었다.

장병들의 행진이 끝나자 장소를 옮겨 축하 연회가 열렸다.

연회는 태화전 앞에서 거행되었다.

본래라면 황제의 즉위 연회는 사흘에 걸쳐 진행하게 되어 있었다. 그러나 신임 황제는 즉위 연회를 간소화해 1회로 줄였다.

그 대신 절약된 비용으로 생필품을 구입해 황도 백성들에게 나눠 주게 했다. 이러한 황제의 배려에 백성들이 환호하는 건 너무도 당연했다.

❄

연회가 끝나고 며칠 후.

태황제가 한양으로 내려갔다.

태황태후와 황태후, 그리고 새롭게 황태후가 된 황제의 생모도 함께했다. 이렇게 모든 황실 어른들이 요양을 비우는 것은 황제에게 조금의 부담도 주지 않겠다는 의미였다.

그래서 황제는 고마웠다.

황제가 역까지 나가 배웅했다.

"황제."

"예, 아바마마."

"짐은 성군이 되라는 충고를 하지 않겠다. 그러지 않아도 될 만큼 황제는 이미 완성되어 있다는 것을 짐은 잘 알고 있다. 그렇다고 해서 너무 과욕을 부리거나 경거망동해서는 절대 안 된다."

"명심하겠사옵니다."

"그리고 당쟁이 없어졌다고 해서 절대 안심해서는 안 된다. 강성이었던 벽파가 무너지면서 당쟁이 잠시 주춤했을 뿐, 당파는 엄존하고 있고 언제 악습을 되풀이할지 모르는 일이다. 그러니 조심 또 조심해야 할 것이다."

"명심하겠사옵니다."

태황제가 너털웃음을 터트렸다.

"허허허! 짐이 노파심에 공연한 걱정을 하고 있구나. 황제가 어련히 잘 알아서 할 터인데 말이다."

"그렇지 않사옵니다. 소자가 잘못하는 일이 있거든 언제라도 회초리를 드시옵소서. 소자, 아무리 나이가 들어도 아바마마의 회초리는 달게 받겠사옵니다."

"허허허! 말만 들어도 고맙구나."

태황태후도 거들었다.

"우리 황제는 알아서 잘하실 거예요. 할미는 언제라도 황제의 편임을 잊지 마세요."

"예, 할마마마."

두 명의 황태후도 나섰다.

특히 이번에 황태후에 봉작된 생모 박 씨는 눈물을 글썽이며 걱정했다. 황제는 그런 생모를 위해 몇 번이나 다독이며 그녀를 안심시켰다.

이어서 태황제와 동행하는 인사들과도 아쉬운 이별을 했다. 황제가 이가환에게 당부했다.

"한양에서도 아바마마를 잘 보필해 주세요."

"허허! 이제 은퇴한 신이 무슨 힘이 있겠사옵니까? 하오나 폐하께서 이리 말씀하시니 수시로 태황제 폐하를 찾아뵙도록 하겠사옵니다."

"그래 주세요. 그리고 한양 내각의 조각도 서둘러야 하니, 좋은 인재가 있으면 추천해 주시고요."

"그렇게 하겠사옵니다."

대한은 청국의 배도 정책을 차용했다.

그래서 한양을 배도로 정했으며, 별도의 내각도 설립했다. 한양 내각은 황해도 남부 지역을 관장하며, 각 부서는 요양보다 낮은 부상(副相)이 맡았다.

조선은 함경도와 평안도를 남부보다 소홀히 대해 왔다. 그 바람에 이 지역 사람들은 상대적인 박탈감을 갖고 살아왔었다.

그러나 대한은 달랐다.

평안도와 함경도는 본토를 잇는, 군사적으로나 지리적으로 중요한 지역이다. 그런 두 지역의 중요도를 감안해 요양 내각이 직접 관할했다.

태황제를 전송한 황제가 환궁했다.

그런 황제를 맞는 사람은 새롭게 수상이 된 정약용이었다. 정약용은 태황제가 오래전부터 수상으로 점찍어 둔 인재였다.

그는 황제가 세자 시절 약학청장을 비롯한 개발 부서에 오래 몸담아 왔다. 덕분에 학문과 실무를 겸전하게 되었으며, 태황제는 그런 정약용을 적극 수상에 천거했다.

황제도 정약용의 능력을 잘 알고 있었기에 두말없이 수상으로 발탁했다. 그런 정약용은 한 보따리나 되는 서류와 함께 황제를 기다리고 있었다.

황제가 놀랐다.

"이게 다 무엇입니까?"

"폐하께서 처음 결재하실 사안들이옵니다."

"으음!"

정약용이 서류 하나를 탁자에 올렸다.

"가장 먼저 내각에 대한 재신임에 필요한 절차이옵니다."

내각은 이번에 다수의 대신이 퇴진하며 대폭 물갈이되었

다. 황제는 그런 대신들과 부대신, 그리고 외청(外廳)의 청장들까지 하나하나 살피고서 마지막에 날인했다.

"교체가 필요하다고 생각하시는 부서가 있사옵니까?"

"아니오. 이미 충분히 검토해서 선임한 분들이니 당분간 그대로 갑시다."

"알겠습니다."

정약용이 다음 서류를 올렸다.

"이번에는 군에 대한 인사와 재신임입니다."

황제는 오래전부터 군을 직접 통솔해 왔다. 그래서 군부에 관한 사항은 일사천리로 진행되었다.

한동안 일 처리가 진행되었다. 황제와 정약용은 마치 오랫동안 손발을 맞춘 것처럼 거침없이 일을 처리해 나갔다.

그렇게 일이 거의 끝나 갈 무렵이었다.

"폐하, 상무사의 보고에 따르면 일본 막부에서 칙사 파견을 요청해 왔다고 하옵니다."

황제가 놀랐다.

"정식으로 접수된 사안입니까?"

"그러하옵니다. 곧 외무성에서 일본국의 국서가 보고될 것입니다."

"무슨 이유라고 하던가요?"

"막부 쇼군의 즉위를 공인하는 칙사를 파견해 달라고 했습니다. 그러나 이는 형식적인 핑계고, 실제는 심각해지는 무역역조를 해결할 방안을 모색해 보자는 고육지책으로 보입니다."

"알겠습니다. 그 문제는 오도원 남작이 들어오면 따로 논의해 보지요. 아! 그리고 외무성에 일러 정원용 과장도 함께 들어오라고 하세요."

"그렇게 하겠습니다."

❀

다음 날.

황제의 집무실로 몇 사람이 방문했다. 오도원과 시몬스, 그리고 리처드 트레비식과 정원용이었다.

"잘들 오셨습니다. 어서 자리에 앉으세요."

"감사합니다."

네 명이 인사를 하고는 탁자에 둘러앉았다.

황제가 먼저 입을 열었다.

"정 과장, 일본에서 칙사를 보내 달라는 요청이 있었다고 들었다."

정원용이 가져온 국서를 바쳤다.

"그러하옵니다. 일본에서 나가사키 무역관을 통해 정식으로 국서를 보내왔사옵니다."

황제가 국서를 직접 살폈다.

국서는 최대한 외교 형식을 갖춰 일본 국왕의 이름으로 작성되었다. 내용은 막부 쇼군이 즉위했음에도 오랫동안 사신 파견이 없었으니 이번에 보내 달라는 요청이었다.

그런데 놀라운 점이 있었다.

"허어! 놀랍구나. 일본 국왕을 천황이라 호칭하지 않았어. 과거 우리가 조선이었을 때는 절대 이런 식의 국서를 보내지 않았는데 말이야."

정원용이 대답했다.

"그러하옵니다. 본국이 대륙의 주인이 된 사실을 일본이 의식한 것으로 보입니다."

오도원도 거들었다.

"정확한 지적입니다. 일본은 본국의 국력이 하루가 다르게 강성해지고 있는 사실을 잘 알고 있사옵니다. 그래서 알아서 먼저 머리를 숙이고 들어온 듯하옵니다."

황제가 국서를 덮었다.

"알아서 머리를 숙인 것을 구태여 지적할 필요는 없겠지. 그런데 일본의 쇼군은 즉위한 지 꽤 되지 않았나?"

"20여 년이 넘었사옵니다."

황제가 피식 웃었다.

"국서의 내용은 핑계에 불과하구나."

오도원이 나섰다.

"저희 상무사도 그렇게 파악하고 있사옵니다. 쇼군 관련 사안은 그저 핑계일 뿐이고, 실상은 무역역조 해소를 논의해 보고 싶을 것입니다. 그리고 우리 대한의 국력이 어느 정도인지 알고자 하는 속셈도 숨어 있을 것이옵니다."

황제가 질문했다.

"오 남작은 우리 대한에서 일본과 가장 많이 교류한 분이오. 그런 오 남작이 봤을 때 저들의 요구를 어떻게 생각하시오?"

"신은 무조건 파견해야 한다고 생각합니다."

"무조건?"

"그렇사옵니다. 신이 상대해 본 바에 따르면 일본은 저력이 있는 나라입니다. 그런 일본의 실상을 제대로 파악하기 위해서는 그들의 최상층부의 동향을 확실히 파악할 필요가 있사옵니다."

황제가 정원용을 바라봤다.

"외무성에서는 어떻게 생각하고 있지?"

정원용이 몸을 숙였다.

"그렇지 않아도 그 문제로 외무성에서 회의가 있었사옵니다. 그래서 얻은 결론은 상무사와 같사옵니다."

"사신을 파견하는 게 좋다는 말이구나."

"예. 일본이 스스로 몸을 낮췄습니다. 이는 우리가 조선일 때에는 없었던 일이옵니다. 그만큼 우리 대한에 대한 두려움을 갖고 있다는 의미라 할 수 있습니다. 그러면서 칙사(勅使)를 파견해 달라고도 했습니다. 이 또한 우리 사신을 최대한 예우하는 행동으로 볼 수 있사옵니다. 이 정도라면 우리 사신이 일본에서 유의미한 일들을 벌일 수 있는 바탕이 마련되었다고 볼 수 있사옵니다."

황제가 우려했다.

"일본은 표리부동한 자들이다. 그런 일본이 한 번 몸을 숙였다고 해서 믿을 수가 있겠느냐?"

"당연히 믿으면 아니 되옵니다. 그러나 우리가 훗날을 도모하기 위해 밑밥을 깔아 놓는 작업은 충분히 할 수 있을 거라 생각되옵니다."

황제가 눈을 빛냈다.

"간자를 심어 놓자는 말이냐?"

오도원이 나섰다.

"일본의 다이묘 중 우리와 가까워지려는 자들이 많습니다. 그러나 나가사키는 막부의 허가를 받은 상인이 아니면 출입하기가 쉽지 않사옵니다. 그래서 우리와 가까워지려는 다이묘들이 여러 방법으로 우리와 인연을 맺으려 노력하는 중입니다. 우리가 사신을 파견하면 아마도 그런 다이묘들이 대거 접촉해 올 것입니다. 그들 중 필요한 다이묘를 선별해서 거둔다면 두고두고 큰 도움이 될 것이옵니다."

시몬스가 능숙한 우리말로 거들었다.

"일본의 사무라이 중 신지식에 목매는 자들이 의외로 많습니다. 그런 자들도 잘 포섭하면 그 또한 쓰임이 많을 것입니다."

모두가 사신 파견에 찬성했다.

황제도 긍정적으로 생각하고 있던 차여서 그 자리에서 결정을 내렸다.

"좋아. 사신을 보내도록 하자. 정 과장은 지금 즉시 외무대신에게 짐의 생각을 전해 주도록 하라."

"예, 폐하."

정원용이 집무실을 나갔다.

황제가 시몬스를 바라봤다.

"남작을 따로 만나고 싶었던 것은 유럽의 상황을 직접 듣고 싶어서요."

"그러실 줄 알았습니다."

시몬스가 유럽의 상황을 설명했다.

한동안 설명을 듣던 황제의 용안이 흐려졌다. 그것을 본 시몬스가 조심스럽게 질문했다.

"폐하! 저의 설명에 무슨 문제가 있사옵니까?"

"나폴레옹이 난국을 타개하기 위해 러시아를 공략할 줄 알았어요. 그런데 아직 그런 조짐조차 없다니 의외여서요."

"유럽에서도 그 문제로 말이 많습니다. 그런데 그 원인을 대한의 무역을 대행하는 우리에게로 돌리는 경향이 많습니다."

황제가 크게 놀랐다.

"화란양행 때문이라고요?"

"저희가 봐도 상당한 영향력이 있는 것은 사실입니다. 그리고 나폴레옹이 의외로 빨리 대륙봉쇄령을 풀었던 것이 주효했습니다."

"맞아요. 적어도 몇 년은 끌면서 대륙을 혼란의 도가니로 만들 줄 알았지요. 그런데 너무도 쉽게 대륙봉쇄령을 풀었어요."

"그런 결정을 한 원인이 아마도 저희와의 교역 때문일 겁니다. 대륙봉쇄령이 내려지면서 프랑스 경제도 어려워졌지만, 무엇보다 통조림공장 운영에 막대한 차질이 빚어졌습니다. 그 바람에 나폴레옹이 서둘러 대륙봉쇄령을 풀었고요."

황제가 탁자를 쳤다.

"그렇군요. 군사력을 최고로 중요시하는 나폴레옹에게는 그게 더 문제였겠네요."

"그렇습니다. 대륙봉쇄령이 풀리자마자 우리 화란양행은 프랑스와의 거래를 대폭 늘렸습니다. 덕분에 프랑스의 물가 폭등이 빠르게 진정되면서 대륙봉쇄령의 영향을 쉽게 벗어났고요."

"짐이 프랑스와의 교역을 대폭 늘리라고 부탁한 것은 스페인 때문이었습니다."

"맞습니다. 폐하께서는 스페인에 대한 프랑스의 지배력을 높이기 위해 교역을 증대시키라고 하셨습니다. 그런데 우리와의 교역으로 물자가 빠르게 돌면서 내정까지 안정을 찾아 나폴레옹의 권력은 더욱 공고해졌지요. 스페인에 대한 지배력이 공고해진 것은 당연한 일이고요."

"어쨌든 나폴레옹의 지배력을 공고히 하려는 목적은 달성한 셈이니 다행이네요."

"그렇사옵니다. 그리고 이번 폐하의 즉위식에 참석하지 못한 서양 제국이 크게 아쉬워하고 있습니다. 앞으로 유럽과의 원활한 교역을 위해서라도 귀국의 개항은 서둘러야 합니다."

황제도 인정했다.

"옳은 말입니다. 그러나 지금 당장은 나라가 안정되지 않아 전면 개항은 곤란합니다. 그러나 몇 년 내에 개항을 할 것이니, 화란양행과 상무사는 이러한 짐의 방침을 각국에 알려 주세요."

두 사람이 동시에 고개를 숙였다.

"알겠습니다."

황제가 시몬스를 바라봤다.

"남작이 유럽에 한번 다녀오시지요."

시몬스가 긴장했다.

"따로 지시하실 일이 있습니까?"

"예. 프랑스에 가서 나폴레옹을 직접 만났으면 합니다. 그래서 나폴레옹에게……."

황제의 지시는 한동안 이어졌다. 설명이 길어지면서 시몬스는 필기도구까지 꺼내 사용했다.

"……그렇게만 된다면 우리 대한은 북미에서 보다 확고한 지위를 구축할 수 있을 겁니다."

시몬스가 문제를 지적했다.

"지금 스페인의 정정은 아주 불안합니다. 거기다 나폴레옹이 임명한 호세1세를 인정하지 않고 있는 상황입니다. 그런데도 나폴레옹과 협상을 해도 되겠습니까?"

"그래서 협상하라는 거예요. 나폴레옹에게 스페인은 늪이에요. 공연히 잘못 건드렸다 10만이 넘는 병력이 빠져나오지 못하고 있잖아요."

"그런 상황을 거꾸로 이용하라는 거로군요."

"맞아요. 나폴레옹의 심리를 잘 이용하면 의외로 쉽게 목적을 달성할 수 있을 거예요. 아무리 스페인의 상황이 혼란스러워도 국왕은 나폴레옹의 형인 호세1세이니까요."

"무슨 말씀인지 알겠습니다."

황제는 두 사람에게 몇 가지 주의를 당부했다. 지시를 받은 두 사람은 곧바로 황궁을 나와 바쁘게 흩어졌다.

❖

그리고 며칠 후.

황제가 순행을 시작했다.

순행의 첫 여정은 요동이었다.

요동 일대는 과거부터 한족이 많이 살고 있었다. 그러다 북벌이 진행되면서 대부분의 한족이 대륙으로 넘어갔다.

그러나 요동반도만큼은 달라서, 한족이 아직도 많이 남아 있었다. 그 바람에 요동의 다른 지역에 비해 민심이 좋지 않았다.

다행히 지난 몇 년간의 노력으로 지역 민심이 크게 안정되었다. 황제는 이런 지역을 둘러보며 대한에 협조적인 한족을 포상하며 위로했다.

이어서 압록강 북부를 둘러본 황제는 본토로 넘어갔다. 그리고 평안도 일대를 둘러보고서 함경도로 넘어갔다.

함흥은 태조의 선조위폐를 모신 함흥 본궁이 자리한, 황조의 본향이다. 함흥 본궁도 전면 개보수를 거쳐 황궁으로 거듭나 있었다.

황제는 함흥 본궁에 제향하고는 주변 지역 백성들을 위로했다. 이러한 황제의 순행에 평안도와 함경도가 발칵 뒤집혔다.

두 지역은 그동안 소외되어 왔다.

그런 곳을 국왕도 아닌 황제가 친림해서 백성들을 위무했다. 황제의 순행은 그 자체만으로도 엄청난 반향을 불러일으키기에 충분했다.

황제는 거기서 머물지 않았다.

되도록 많은 고을을 둘러봤으며, 함흥에서 북상하며 북부 지역 고을을 차례로 순행했다. 이 지역은 수령이 임명되어도 찾지 않던 오지 중의 오지였다.

그런데 이제는 사정이 달라졌다.

대한의 황도가 요양이 된 지금, 함경도는 가까운 남쪽의 산악 지대가 되었다. 그래서 황제는 이제부터 두 지역을 적극 개발한다는 의지를 순행으로 알리고 있었다.

황제는 북상해 연해주로 넘어갔다.

연해주는 개혁 초기부터 개발이 진행되었다. 연해주는 청국이 버려두었던 땅이었다. 그런 지역을 개발한 덕분에 완전히 신천지가 되어 있었다.

이런 사정을 안 함경도 주민들이 자발적으로 이주하면서 절로 개척이 진행되고 있었다. 황제는 연해주 곳곳을 둘러보며 백성들을 위무했다.

그러고는 만주를 순행했다.

한동안 만주 일대를 둘러본 황제는 북만주로 넘어갔다. 그리고 '카자크자치도'를 찾았다.

대한의 떳떳한 주민이 된 카자크는 이전의 불안과 궁색함을 완전히 털어 버렸다. 대한은 약속대로 그들이 사는 지역을 자치도로 분리해 주었다.

이전의 카자크 부족의 거주 상황은 통나무오두막에 불과했다. 언제 청국이 들이닥쳐 자신들을 쫓아낼지 모르는 상황에서는 그게 최선이었다.

그러나 이제는 달라졌다.

황제의 배려로 상무사가 직원을 파견해 그들의 집을 전면 개조해 주었다. 물론 인력은 스스로 제공했지만, 덕분에 카자크 마을은 완전한 정착촌으로 거듭날 수 있었다.

자치 지역을 다스리는 공공기관이 들어섰다. 교회를 비롯한 종교시설과 학교도 들어섰다.

거기다 상설시장이 개설되면서 카자크 마을은 북방 교역의 중심이 되었다. 여기에 순록과 같은 북방 가축을 대대적으로 기르면서 주민들의 삶이 몰라보게 달라져 있었다.

카자크 부족에게 황제는 거의 구원자나 다름없었다. 카자크는 황제를 위해 사흘 동안 축제를 베풀었으며, 모든 부족이 충성 맹세도 했다.

카자크 부족의 환대를 받은 황제는 다음으로 몽골 초원으로 넘어갔다.

11월의 몽골 초원은 벌써 겨울이 시작되는 계절이다.

아무리 초원의 가한이라고 해도 겨울에 순행하는 경우는 없었다. 그러나 황제는 이런 자연환경을 꿋꿋이 이겨 내며 몽골 각지를 둘러봤다.

이런 황제의 순행에 초원 부족들은 경외감을 나타냈다. 그러고는 진심으로 감복하며 초원의 진정한 가한으로 받들어 모셨다.

몽골 초원을 둘러본 황제는 피서산장에서 잠시 머물며 고단한 몸을 녹였다. 그러고는 다시 순행을 시작해 요서를 둘러보고서 요양으로 돌아왔을 때가 12월 초였다.

첫 순행은 많은 것을 남겼다.

황제는 대한의 강역이 얼마나 넓은지를 새삼 깨우치는 계기가 되었다. 백성들의 실상을 제대로 알게 되면서 개혁 추진에 대한 원동력도 얻었다.

개혁군주

관리들은 황제의 추진력을 보며 경각심이 일깨워졌다. 추운 날씨에도 불구하고 직접 말을 타고 순행하는 황제는 지금까지 없었다.

그런 모습을 보며 자신들의 직분에 더 충실해야 한다는 자각을 했다. 아울러 순행한 지역의 개발에 더 힘을 써야겠다는 각오도 다졌다.

백성들은 환호했다.

지금까지 북방 지역을 황제가 순행한 경우는 단 한 번도 없었다. 거기다 직접 말을 타고 황제가 지역을 순행할 거라고는 예상조차 못 했다.

그런데 황제는 몸소 그 일을 행했다.

자신들의 고충과 애환을 즉석에서 해결해 주기도 했다. 그 야말로 북방 백성에게는 하늘에서 내린 성군이었으며 받들어 모셔야 할 천자(天子)였다.

몇 개월의 순행을 끝낸 황제는 많이 지쳤다. 그래서 겨울 동안 푹 쉬면서 지금까지 추진해 온 개혁을 점검하면서 앞으로의 과업도 새롭게 정리했다.

그 바람에 몇 개월은 쏜살같이 흘렀다.

❀

해가 바뀌어 3월이 되었다.

일본에 처음으로 사신을 파견했다.

외무성 국장을 정사로, 정원용을 부사로 한 사신단은 10여 명이 선정되었다. 그리고 이들을 수행하기 위한 인원까지 총 100여 명이 결정되었다.

이전에 비해 단출한 숫자였다.

황제에게 하직 인사를 한 사신단은 특별열차를 타고 이틀 만에 부산에 도착했다. 대한은 일본을 자극하지 않기 위해 1천 톤급 구식 전함을 동원했다.

이 1천 톤급 전함은 대한이 조선 시절 최초로 건조한 함정이다. 그래서 선령이 15년이 넘은 탓에 곧 퇴역을 앞두고 있었다.

사신단은 전함을 타고 먼저 구주의 후쿠오카로 건너갔다. 그리고 곧바로 오사카로 올라갔다. 대한에서나 구식이지, 큰 선박이 없는 일본에서는 어마어마한 선박이었다.

그런 선박이 나타난 오사카는 뒤집혔다. 그러다 대한의 사신이란 사실이 밝혀지면서 열도의 관심은 온통 사신단에 쏠렸다.

사신단은 오사카 봉행의 격한 환대를 받으면서 하선했다. 그러고는 막부에서 준비한 대형 가마를 타고 천천히 북상했다.

사신단이 일본으로 떠나고 한 달여가 지난 4월 중순이 되었다. 겨우내 쉬며 정무를 챙겼던 황제는 다시 순행을 시작했다.

요양과 연경을 잇는 서경선의 선로는 천도 이전에 이미 연결되어 있었다. 그러나 가장 큰 강인 요하와 요택(遼澤)의 교량 부설이 남아 있었다.

그런 서경선이 마침내 연결된 것이다.

적봉과 승덕 등 요서 북부는 지난해 순행을 마쳤었다. 덕분에 황제는 철도를 이용해 해안 일대를 둘러보게 되었다.

황제는 서경선의 역마다 하차해 주변 지역을 순행하며 서진했다. 요서는 북벌 당시 전투가 가장 치열했던 지역이어서 세심히 민심을 살폈다.

그러던 황제가 산해관에 도착했다.

열차에서 내린 황제는 가장 먼저 만리장성 관문의 누각에 올랐다. 주변에서 가장 높은 누각이어서 새롭게 조성된 도시가 한눈에 펼쳐 보였다.

교역 도시는 처음부터 상당한 인구가 유입될 것을 예상하고 건설되었다. 그런데 불과 5년여 만에 놀랄 만큼 엄청난 사람들이 모여 있었다. 그런 도시는 멀리서 내려다봐도 활기가 넘쳐흘렀다.

이번 순행에는 수상인 정약용과 몇 명의 내각 대신들이 동행하고 있었다.

정약용이 탄성을 터트렸다.

"하! 볼수록 놀랍고 대단합니다. 아무리 집중적으로 육성했어도, 이토록 급속하게 도시가 발전할 줄은 몰랐사옵니다."

황제도 인정했다.

"그러네요. 짐도 산해관이 급격히 발전한다는 보고는 받았지만, 이 정도일 줄은 몰랐네요. 지금까지 대체 얼마나 인구가 유입된 것이지요?"

국토교통대신 조득영이 보고했다.

"지난해 말로 30만을 넘은 것으로 조사되었사옵니다."

황제가 깜짝 놀랐다.

"30만이 넘었다고요?"

"그러하옵니다."

"아니, 어떻게 불과 5년여 만에 30만이나 모일 수 있는 거지?"

조득영이 분석 내용을 정리했다.

"그만큼 이 지역을 교역 도시로 육성하겠다는 폐하의 결정이 탁월했다는 의미입니다. 그리고 정체되어 있던 대륙 상권이 우리의 북벌로 인해 와해된 것도 큰 역할을 했사옵니다."

"대륙 상권이 재편되면서 사람이 몰렸다는 말이군요."

"그러하옵니다. 저희가 조사한 바에 따르면 연경의 상인 상당수가 이전해 왔사옵니다. 그리고 유리창(琉璃廠)의 고서적, 고서화를 취급하는 상인들도 대거 이주해 온 것이 상권 형성에 큰 도움이 되고 있사옵니다."

정약용도 거들었다.

"지리적 요충지인 점도 큰 작용을 했사옵니다. 특히 이번에 경경선이 완전히 개통되면서 인구 유입은 더 증대될 것으

개혁군주

로 보입니다."

"이대로라면 도시계획을 새로 정비해야겠네요."

"아직은 두고 볼 필요가 있사옵니다. 황도인 요양 상권이 이제부터 형상될 거여서, 이곳의 인구 증가가 일시적일 수도 있습니다."

조득영도 동조했다.

"그렇사옵니다. 아직은 변수가 많으니 상당 기간은 그대로 지켜보는 것이 좋사옵니다."

황제가 동의했다.

"그럽시다. 이제 겨우 5년인데, 몇 년 더 기다린다고 문제가 될 일은 없지요. 그러나 훗날 땅 때문에 분쟁이 일어날 수 있으니, 그 부분만큼은 지금부터 철저하게 챙기라고 하세요."

"황명을 받들어 모시겠사옵니다."

황제는 산해관을 둘러보며 백성들을 위무했다. 그러고는 북벌에서 가장 큰 격전이 벌어진 진황도와 당산을 둘러봤다.

두 지역은 격렬한 전투를 겪으면서 철저하게 파괴되었다. 그런 진황도와 당산은 대륙 색채가 완전히 벗겨진 본토 방식의 재건이 이뤄져 있었다.

상무사는 두 지역에 대규모 공단을 조성했다. 그 바람에 본토 백성들이 대거 이주해 있었다.

황제는 상무사 공장 시찰과 함께 두 지역 백성들도 위무했다. 그렇게 두 지역을 둘러본 황제가 마침내 연경에 도착했다.

연경은 이전에 비해 크게 변화했다.

내성의 상당 부분에는 대규모 병영이 들어서 있었다. 성의 중심부인 자금성 자리는 평지가 되었다.

평지에는 거대한 광장이 조성되어 있었다. 그런 광장의 좌우로 한민족의 영웅 열 명의 동상이 우뚝 세워져 있었다.

자금성을 둘러싼 황성은 대대적인 개조를 통해 대륙군사령부와 병영, 그리고 정부 관리들의 숙소로 변해 있었다.

황제가 이런 황성과 자금성 광장을 둘러보고는 호수 건너편의 원림별궁으로 넘어갔다. 원림은 붉은 채색을 한 높은 담장이 둘러싸고 있었다.

원림은 요나라 시절 행궁에서 출발했다.

금나라에 이어 명나라 시절 인공호수인 북해와 중해, 남해를 조성했다. 그렇게 오랜 기간 금지가 되면서 숲은 울창했으며 온갖 기화요석이 도처에 널려 있었다.

명·청의 황제 대부분은 자금성을 공식 행사일 때만 사용했다. 그리고 나머지 시간은 원림별궁에서 거주해 왔었다.

그런 원림별궁에는 자금성만큼 웅장한 건물들이 도처에 널려 있었다. 황제가 그런 건물 중 하나에 막 여장을 풀고 있을 때 급보가 날아들었다.

다음 권으로 이어집니다

One for all
원포올

일라잇 스포츠 장편소설

**작렬하는 슛, 대지를 가르는 패스
한계를 모르는 도전이 시작된다!**

축구 선수의 꿈을 품은 이강연
냉혹한 현실에 부딪혀 방황하던 중
운명과도 같은 소리가 귓가에 들어오는데……

당신의 재능을 발굴하겠습니다!
세계로 뻗어 나갈 최고의 축구 선수를 키우는
'One For All' 프로젝트에, 지금 바로 참가하세요!

단 한 번의 기회를 잡기 위해
피지컬 만렙, 넘치는 재능을 가진 경쟁자들과
최고의 자리를 두고 한판 승부를 벌인다!

**실력만이 모든 것을 증명하는
거친 그라운드에서 당당히 살아남아라!**

기갑천마

거짓이슬 퓨전 판타지 장편소설

종말을 막지 못한 절대자
복수의 기회를 얻다!

무림을 침략한 마수와의 운명을 건 쟁투
그 마지막 싸움에서 눈감은 무림의 천하제일인, 천휘
종말을 앞둔 중원이 아닌 새로운 세상에서 눈을 뜨는데……

"천휘든 단테든, 본좌는 본좌이니라."

이제는 백월신교의 마지막 교주가 아닌 평민 훈련병, 단테
그럼에도 오로지 마수의 숨통을 끊기 위해
절대자의 일 보를 다시금 내딛다!

에이스 기갑 파일럿 단테
마도 공학의 결정체, 나이트 프레임에 올라
마수들을 처단하고 세상을 구원하라!